LE PREMIER JOUR DU RESTE DE MA VIE…

Virginie Grimaldi est l'auteur du best-seller *Le Premier Jour du reste de ma vie*. Grâce à une écriture maîtrisée et des personnages attachants, ses romans ont déjà séduit des centaines de milliers de lecteurs.

Paru au Livre de Poche :

TU COMPRENDRAS QUAND TU SERAS PLUS GRANDE

VIRGINIE GRIMALDI

Le Premier Jour du reste de ma vie…

ROMAN

CITY

© City Éditions, 2015.
ISBN : 978-2-253-09846-1 – 1re publication LGF

Pour ma grand-mère.
Pour ma mère.
Pour ma sœur.

Prologue

— Ma tête à couper qu'il ne se doute de rien.

Marie parle toute seule, comme chaque fois qu'elle est stressée ou excitée.

Elle plonge le batteur dans le cul-de-poule et regarde les ingrédients valser avant de se mélanger. Ce sera bientôt terminé, il ne reste plus qu'à enfourner. La table est dressée, les boissons bien calées dans le frigo, les ballons gonflés. Elle prépare tout depuis ce matin, tout ce qu'elle a imaginé depuis si longtemps.

Il y a quelques mois, entre le JT et le film du soir, son mari a décrété qu'il en avait marre de leur vie. «Je me fais chier, il a dit, on n'a pas quarante ans et on vit déjà comme des vieux!»

Elle a posé leurs tisanes sur la table basse, le mug bleu pour lui, le rose pour elle, et n'a pas répondu. Pourtant, des réponses, elle en avait plein qui lui venaient. Et pas des plus correctes. C'était quand même lui qui s'intéressait plus à l'écran de télé qu'à sa femme. Lui qui avait insisté pour qu'elle lâche ses études et soit mère au foyer. Lui qui n'avait jamais de temps pour une sortie, encore moins pour des vacances. Lui qui la gratifiait d'un missionnaire une fois par mois. Lui qui ne prenait même plus la peine de cacher sa conquête du moment.

Elle s'est assise de son côté du canapé, a soufflé sur le liquide brûlant et a souri.

— Tu as un beau pyjama ce soir, mon chéri.

Aujourd'hui, c'est son anniversaire. Quarante ans, justement. Et Marie va lui offrir une surprise dont il se souviendra jusqu'à la fin de sa vie…

Il est dix-neuf heures trente. Rodolphe ferme la porte de son bureau et se dirige vers l'ascenseur.

Il sait que Marie lui a préparé une surprise. Elle l'a fait pour ses vingt ans, elle l'a fait pour ses trente ans, elle le fera pour ses quarante ans.

Elle a essayé d'être discrète, mais même pour ça elle n'est pas douée. L'autre jour, en sortant de la douche, il l'a surprise au téléphone en train de chuchoter. «C'est une surprise», elle disait. Tu parles d'une surprise. Il va rentrer, tous ses amis vont crier «Joyeux anniversaire !», il va faire semblant d'être étonné, il va recevoir des cadeaux, ils vont l'appeler «le vieux», il va faire mine de trouver ça drôle, ils vont manger des gâteaux dégueulasses et boire du champagne, et il ira se coucher en regrettant de ne pas avoir passé la soirée avec Natacha. Ou Léa. Ou n'importe quelle autre que Marie.

Dix-neuf heures trente. Marie tremble. Ça ne lui est pas arrivé depuis longtemps.

Elle fait un dernier tour pour vérifier que tout est parfait. Elle a poussé tous les meubles du salon, mis en place les pizzas, les cakes, les toasts, les cupcakes, les verrines, sorti les boissons. Les invités ne devraient plus tarder, et Rodolphe arrivera dans vingt-cinq minutes, comme tous les soirs, juste à temps pour le générique du journal.

Il ne reste plus qu'un détail.

Dix-neuf heures cinquante. Rodolphe gare son cabriolet devant la maison.

Il allume une cigarette pour retarder l'échéance. Comment a-t-il pu se retrouver dans une vie qui ne lui convenait pas ? Même la fête, il n'a plus envie de la faire.

Il écrase le mégot dans le cendrier devant la porte et abaisse la poignée. Faire semblant d'être content, faire semblant d'être content.

— Joyeux anniversaire, Rodolphe !

Ils sont tous là. Ses filles, ses parents, ses copains de fac, ses collègues, ses potes de poker, leurs femmes, leurs enfants, tous s'égosillent pour lui faire plaisir avant de venir le saluer un par un.

— Alors, ça fait quoi d'avoir quarante ans ?

— L'âge de raison, vieux !

— Tu les fais presque pas, t'inquiète…

— Bon anniversaire, papounet !

— T'ouvriras mon cadeau en premier, c'est le petit paquet blanc.

— On t'aime, mon chéri. Il y a quarante ans, tu faisais notre bonheur !

— Alors, tu la fais quand, ta crise ?

Il en est à une quinzaine de bises lorsque son frère s'avance pour l'embrasser.

— Rod, t'as vu l'enveloppe ?

Il n'avait pas vu l'enveloppe. Posée au milieu de la table, elle était pourtant difficile à louper. Blanche, toute simple, banale, une enveloppe comme il en a ouvert des tas. Mais celle-ci, il pressent qu'elle sera différente.

Rodolphe,
Tu voulais être surpris, tu vas l'être : je pars.
Joyeux anniversaire !
Marie

P-S – J'ai invité Natacha, Isabelle, Géraldine, Léa, Sabine, Laure, Aurélie, Marjolaine, Nadia et les autres. Elles arriveront vers vingt et une heures, avec les bougies. Si tu comptes bien, tu en trouveras quarante... Quelle chance ! Tu vas pouvoir toutes les allumer d'un coup !

1

C'est la première fois que Marie prend l'avion. Son médecin lui a prescrit des anxiolytiques, mais, en empruntant la passerelle d'embarquement, elle ne ressent aucune angoisse. Elle ne ressent pas grand-chose, en réalité. Pas même une pointe de culpabilité. Elle a beau imaginer Rodolphe hier soir, complètement perdu au milieu du salon, à chercher une explication valable à l'absence de sa fidèle épouse, rien ne vient troubler ses certitudes.

Des doutes, elle en a eu, mais seulement le soir de sa décision.

C'était un samedi, Rodolphe était parti jouer au poker, et les jumelles étaient rentrées à la maison comme chaque week-end. Elles se trouvaient toutes les trois dans la cuisine en train de se préparer un plateau-repas en prévision d'une soirée télé. Justine racontait son stage dans une agence de communication, Lily parlait de ses cours de comédie, et Marie écoutait en savourant ce moment. C'était son moment préféré de la semaine, quand les rires de ses bébés résonnaient dans la maison.

Depuis plus d'un an, leurs études les avaient poussées au loin, laissant le foyer et son ventre vides. Leurs chamailleries, leurs fous rires et leur bazar camouflaient l'inertie de son quotidien. Les entendre lui permettait de ne pas voir. Le voile était tombé en même temps que leurs affaires dans le coffre de la voiture.

C'est Justine qui a lancé le sujet :

— Maman, on voulait te dire un truc, mais faut que tu jures de ne pas mal le prendre.

Marie s'est assise en se préparant au pire. Lily lui a servi un verre de rosé.

— On t'aime, tu le sais. Papa aussi, on l'aime. Mais tous les deux ensemble, on peut plus vous voir.

— …

— C'est vrai, vous vous êtes vus, sérieux ? On dirait trop des vieux. Vous vous parlez juste pour vous engueuler, c'est trop naze. D'ailleurs, tout le monde le dit.

— Comment ça, «tout le monde le dit»?

— Ben, papy et mamie, ils se demandent ce que vous foutez encore ensemble. Et tatie aussi. Et Mme Morel, tu sais, la mère de Maxime, elle dit que t'as l'air trop malheureuse.

— La mère de Maxime ?

— Ouais, bref, tout le monde le pense. Pourquoi vous divorcez pas ?

Marie a bu le verre de rosé d'un trait et cherché ce qu'elle pourrait répondre. Rien n'est venu.

— Et puis, bon, papa te trompe, tu le sais, hein ? a poursuivi Justine.

— …

14

Lily a ralenti sa sœur et passé un bras autour des épaules de sa mère.

— Vas-y, Ju, c'est bon. T'as pas besoin d'en rajouter.

— Non, mais c'est vrai, faut qu'elle sache. Je veux pas te faire de mal, mamounette, tu le sais ? Je veux juste que tu sois heureuse et je vois bien que tu l'es pas. Tu mérites mieux que cette vie de mémère.

— Merci, ma chérie, tu es trop bonne, a répondu Marie en riant.

— Et peut-être que sans papa tu prendras soin de toi.

Lily a jeté un œil sur l'écran de télé.

— Allez, on va dans le salon. Ça commence !

Avant cette conversation, Marie n'avait jamais envisagé de quitter Rodolphe. Elle l'avait aimé, passionnément.

Il sortait juste de l'adolescence quand elle l'avait connu. Il était chanteur dans un groupe de rock, parce qu'il avait vu dans un reportage que ça faisait tomber les filles. Il s'était laissé pousser les cheveux et le duvet, et engourdissait ses cordes vocales avec des Gauloises blondes bleues. Elle était la rebelle de la classe, avec ses jeans troués au cutter et ses Doc Martens usées contre les murs en crépi. Ils s'étaient embrassés sur Nirvana et avaient fait l'amour sur Scorpions. Il lui avait écrit des chansons, elle avait gravé leurs prénoms sur des arbres, il lui avait prêté sa gourmette, elle lui avait présenté ses parents, il l'avait emmenée en Auvergne, elle lui avait dit « Je t'aime pour la vie », ils avaient pris un appartement, elle était tombée enceinte, il lui avait parlé mariage, elle avait arrêté ses études, il avait posé son micro et elle avait déchanté.

Le front contre le hublot, Marie regarde la piste défiler de plus en plus vite. Puis l'avion se lance dans les airs. C'est parti. Elle est seule. C'est elle qui prend les commandes de sa vie. Bon sang que c'est excitant !

— Aidez-moi, je vais mourir.

Sur le siège d'à côté, une femme d'une soixantaine d'années enfonce ses ongles dans la cuisse de Marie.

— Madame, ça va ?

— Non, ça ne va pas du tout. Je veux descendre.

— Ah ! Ça va être compliqué, je pense. Vous avez un parachute ?

— Je n'ai pas envie de rire.

— Pardon, j'essayais de vous détendre, répond Marie. Si vous voulez, j'ai des anxiolytiques. Je vous en attrape un ?

Sa voisine serre dans sa main tremblante le camée accroché autour de son cou.

— Je n'en ai pas pris par peur des effets secondaires, mais je suppose que ça ne peut pas être pire…

Elle suppose mal…

2

L'avion atterrit. Anne plane encore.

— C'était fantastique, n'est-ce pas ?

Marie range son livre, son iPod et son carnet de notes dans son sac. Ils ne lui ont été d'aucune utilité ; elle n'a pas pu se concentrer. L'anxiolytique a transformé sa voisine : Marie a passé le trajet à l'écouter s'extasier sur les magnifiques nuages, les fabuleux oiseaux, le délicieux café, les somptueuses ailes de l'avion. Le personnage est plutôt sympathique, et le temps a passé plus vite, mais par moments elle a été tentée de lui proposer un deuxième comprimé, histoire de l'envoyer rejoindre Morphée.

Anne frotte ses mains sur ses cuisses. Elle se sent engourdie.

— Merci pour le cachet, dit-elle en souriant béatement.

— Je suis contente si ça vous a aidée.

— Je ne vous ai même pas demandé... Quelle malpolie je fais ! Vous venez à Marseille pour des vacances ?

— Oui, on peut dire ça...

— Moi aussi. Je pars en croisière. Trois mois sur un paquebot alors que j'ai le mal de mer, c'est une idée saugrenue, n'est-ce pas ?

Marie se met à rire.

— Je crois qu'on va au même endroit !

— Ah bon ? Vous faites la croisière « Tour du monde en solitaire » ?

— Oui, c'est fou, cette coïncidence !

— C'est vrai, c'est drôle, répond Anne. Le hasard…

— Je vous souhaite un bon voyage alors ! On se croisera peut-être sur le bateau.

— Bon voyage à vous aussi. J'espère que vous y trouverez ce que vous êtes venue chercher.

En sortant de l'aéroport de Marseille, Marie prend une longue inspiration. L'air est le même ici qu'à Paris ; pourtant il y flotte une bonne odeur de liberté. Son premier réflexe est de plonger la main dans son sac à la recherche de son téléphone. Elle doit prévenir ses filles qu'elle est bien arrivée à la première étape. Quelques secondes lui sont nécessaires pour se souvenir qu'elle ne l'a pas pris. Avec lui, elle aurait eu un fil à la patte et se serait sentie obligée de donner et de prendre des nouvelles. Elle a besoin de déconnecter. En cas d'urgence, ses filles savent où la joindre. Le reste attendra qu'elle sache quelle direction donner à sa vie.

Lorsqu'elle a appelé son opérateur téléphonique pour mettre un terme à son abonnement, l'homme au bout du fil lui a demandé si elle les quittait pour un autre. Elle a fondu en larmes. Il était temps qu'elle parte.

Le chauffeur de taxi a un accent du Nord avec des accents du Sud.

— Vous êtes drôlement chargée pour une croisière ! lui dit-il dans le rétroviseur.

— C'est une croisière de trois mois, c'est pour ça.

— Hein ? Trois mois ? Mais vous êtes fada ! Vous allez faire quoi pendant trois mois sur un bateau ?

— Le tour du monde en solitaire.

— Je comprends rien…

Marie sourit et retire les écouteurs de ses oreilles. Elle n'arrivera pas à se concentrer ici non plus.

— Bon, je vous explique, dit-elle. Les croisières «tour du monde», c'est pas nouveau, il n'y en a pas des masses, mais ça existe depuis un moment. En gros, en cent jours on parcourt sept mers, les cinq continents et on fait escale dans plus de trente pays.

— Oh fan ! Ça, c'est du voyage ! Mais pourquoi en solitaire ? Sur un paquebot, y a du monde. C'est tout sauf solitaire !

— Alors ça, c'est un tout nouveau concept. C'est même la première croisière du genre. En fait, tous les passagers seront seuls.

— Ah ouais, j'ai vu un truc comme ça à la télé ! C'est comme une agence matrimoniale, c'est ça ? Ça doit y aller dans les cabines, si vous voyez ce que je veux dire !

Le chauffeur se met à rire fort. Marie ne peut s'empêcher de faire comme lui.

— Justement, c'est le contraire. C'est pour les gens qui veulent rester seuls. Dans le règlement, il est même interdit de se mettre en couple avec un autre passager.

— Sinon quoi ? Jeté par-dessus bord ? Hop, aux requins ?

— Un truc comme ça, oui. En tout cas, je crois que ça refroidit ceux qui voyagent pour trouver l'amour. Normalement, on sera tous là pour la même chose : se retrouver avec nous-mêmes.

— Quelle idée ! Pourquoi vous faites ça ? Vous êtes pas mal pour votre âge !

Marie pleure de rire.

— Merci du compliment ! Je viens de me séparer, j'avais besoin de partir, de me retrouver. Et j'ai toujours voulu faire une croisière ; mon mari, jamais. Alors, quand j'ai vu l'affiche dans la vitrine de l'agence de voyages, j'ai foncé.

Le chauffeur enfonce le klaxon.

— Allez, avance, enculé ! T'attends que le stop passe au vert ? Donc, si vous tombez amoureuse, vous faites quoi ?

— Ça n'arrivera pas. On tombe amoureux quand on est disponible. Je ne le suis pas du tout.

— Ça se décide pas, ça. Les coups de cœur, c'est comme un tremblement de terre : on peut pas lutter.

— Arrêtez, on dirait du Dorothée.

Son cœur, Marie compte bien le garder pour elle. La dernière fois qu'elle l'a confié à quelqu'un, il le lui a rendu en mauvais état. Elle en a déduit que les gens ne faisaient pas attention à ce qui ne leur appartenait pas et l'a mis à l'abri dans du papier bulle. On n'a pas besoin d'être deux pour être heureux. Comme si la vie se résumait à ça, comme si le bonheur n'était accessible qu'aux paires. Il y a bien d'autres choses à faire qu'aimer quelqu'un…

— Regardez là-bas, la cheminée jaune ! lance le chauffeur. C'est votre paquebot !

… et elle a hâte de commencer.

3

— Bonjour, madame, je suis Arnold. Avez-vous votre carte d'embarquement ?

Marie tend le document à l'homme en uniforme blanc posté à l'entrée du paquebot. Elle se sent minuscule. Rose a dû éprouver la même chose en posant le pied à bord du *Titanic.* Pourvu qu'elle n'ait pas le même destin…

— Cabine 578, pont A. Bienvenue sur le *Felicità,* madame Deschamps !

Le hall est gigantesque. Un peu trop clinquant au goût de Marie, trop *Las Vegas*, mais le dépaysement est total. Sol en marbre, dorures, lustres de cristal démesurés, ascenseurs vitrés qui grimpent à une hauteur vertigineuse, murs végétaux, tapis colorés, lumières omniprésentes, tout est fait pour que les passagers soient transportés dans un autre monde.

Ses vacances se résumaient jusque-là à la résidence familiale en Auvergne. Chaque 1er août depuis vingt ans, ils chargeaient le monospace et partaient en pleine nuit pour éviter le monde et la chaleur. Ils rejoignaient le frère de Rodolphe, sa femme et leur fils, et passaient deux semaines à mesurer le temps avant de reprendre la route en sens inverse. Marie a toujours rêvé d'autres bouts du monde et de découverte. Une fois, au supermarché, elle a participé, sans y croire, à un tirage au sort pour gagner un voyage au Mexique. Elle a gagné. Elle se souvient encore de la réaction de Rodolphe quand il a découvert les billets qu'elle avait cachés sous sa serviette de table pour lui faire une surprise.

— On devrait en tirer un bon prix. Tu les mettras sur *Le bon coin*.

— On pourrait y aller, a-t-elle insisté. Y a plein de trucs à visiter, et les plages sont paradisiaques ! On serait tellement bien, là-bas, tous les deux… Tu imagines ?

— Et quand est-ce que tu veux qu'on y aille, ma pauvre ? Tu ne te rends pas compte du boulot que j'ai…

— Au mois d'août ? Pour une fois, on n'irait pas en Auvergne…

— N'importe quoi ! a-t-il dit en jetant les billets par terre. On vient de refaire la piscine de la maison de famille, et toi tu ne veux pas en profiter. Si t'aimes pas mon frère, faut le dire.

— Mais on n'est jamais partis ! Tu sais que j'en rêve. Si c'est à cause de ta phobie de l'avion, j'ai repéré un stage qui a l'air super bien…

— Arrête tes conneries, ça n'a rien à voir. Ne va surtout pas dire partout que j'ai peur de l'avion. Me fais pas passer pour un con. Discussion close, tu peux remettre le son.

Elle a remis le son et vendu le séjour sur *Le bon coin*. Avec l'argent, ils ont acheté une télé écran plat pour la chambre de la maison d'Auvergne, des pneus neufs pour la voiture, et elle a entamé une nouvelle collection : celle des DVD de voyages qu'elle ne ferait jamais.

En attendant l'ascenseur, Marie essaie de contenir son impatience de découvrir sa cabine. Elle a l'impression d'avoir quinze ans, d'être une ado libérée du joug parental. À en croire l'effervescence autour d'elle, beaucoup de passagers sont dans le même état. Il y a du monde. D'après la brochure, mille personnes devraient embarquer aujourd'hui, toutes nationalités confondues. Il y a des jeunes, des moins jeunes, des plus jeunes du tout, des souriants, des excités, des pressés, des perdus, des très préparés, des blasés, des bavards, des affolés, des énervés. Tous sont différents, mais tous ont un point commun : ils sont seuls. Et, vu qu'ils comptent le rester, il y a fort à parier que la plupart sont divorcés, séparés, veufs, déçus. Des naufragés de la vie, comme elle. Cohabiter avec des gens dans la même situation qu'elle a quelque chose de rassurant. Dans sa solitude, elle se sent entourée. L'exact inverse de ce qu'elle ressentait avec Rodolphe.

L'ascenseur dépose Marie et un flot de passagers au pont A. Une voix familière s'en échappe.
— Oh là là, oh là là !
Anne tourne la tête dans tous les sens à la recherche d'un repère.
— Anne, tout va bien ?
— Oh, mon Dieu, Marie, quel bonheur de vous voir ! Je suis perdue avec tout ce monde, j'ai du mal à respirer, dit-elle en s'accrochant à son bras.

— Vous êtes dans quelle cabine ?

— 523. On m'a dit que c'était par ici, mais c'est trop grand, je m'y perds !

Marie suit les affichages et accompagne Anne devant la porte de sa cabine.

— Regardez, la mienne est juste là. Si vous avez besoin, n'hésitez surtout pas.

— Merci, vous êtes tellement adorable ! Je ne voudrais pas abuser de votre temps, mais…

— Oui ?

— Vous accepteriez de dîner en ma compagnie ce soir ? J'ai besoin de prendre mes marques. Je suis terriblement affolée par toutes ces nouveautés.

— Avec plaisir. Mais laissez-moi un petit moment, j'ai quelque chose à faire avant, répond Marie avant de s'éloigner.

La cabine 578 est plus grande que les photos ne le laissaient paraître. Dès le premier coup d'œil, Marie décide qu'elle va s'y plaire. Un lit deux places recouvert d'une épaisse couette bleue, un bureau blanc et sa chaise, un sofa deux places, des placards, un téléviseur et son meuble, une table de chevet sur laquelle est posée une lampe, une salle d'eau, un petit réfrigérateur, une Tassimo et, luxe suprême : un balcon vitré meublé d'un transat, d'une table et de deux chaises. Il lui a coûté un bon supplément, mais rien que son compte épargne ne puisse assumer.

À la naissance de Lily et Justine, Rodolphe a proposé à Marie de se consacrer à leur famille. Les premières années, elle l'a fait avec bonheur. Voir ses filles grandir était une chance qu'elle savourait ; elle avait conscience d'être privilégiée. Lorsqu'elles sont entrées à l'école, l'ennui s'est incrusté dans le quotidien. Marie a commencé à regarder les offres d'emploi dans les journaux, à se renseigner sur la reprise d'études. Rodolphe n'y tenait pas et s'est employé à la plier à son avis.

Voyant que la flatterie («Tu vaux bien mieux que ça»), la culpabilisation («Tu laisserais les filles à la garderie?») et la vexation («T'as même pas fini tes études, ma pauvre») ne mettaient en sourdine ses projets que quelque temps, il y a mis un terme définitif avec un argument auquel elle n'a même pas eu la force de répondre. «Je te ferai un virement sur ton compte chaque mois. Comme ça, si c'est une affaire d'argent, tu en auras. Si c'est une affaire d'ennui, tu auras le budget pour t'occuper.» Elle n'a jamais touché à cet argent; le nombre en bas du relevé bancaire augmentait tous les mois. Rodolphe le lui a souvent reproché, elle n'avait pas intérêt à dire aux gens qu'il ne lui donnait pas d'argent. Avec la croisière, elle a trouvé un bon moyen de l'utiliser. Il doit être fier d'elle, maintenant.

On tape à la porte. Un membre d'équipage apporte ses valises à Marie.

Elle pose la verte sur le lit – celle dans laquelle elle a rangé ses indispensables –, fait glisser la fermeture Éclair, soulève quelques affaires et attrape ce qu'elle cherchait. Puis elle se rend sur le balcon et s'installe sur l'une des chaises. Il fait doux pour une fin décembre.

Le paysage commence à bouger : le paquebot manœuvre pour quitter le port. Elle prend une profonde inspiration, insère les écouteurs dans ses oreilles, lance Jean-Jacques Goldman, dépose la pelote sur ses genoux et sourit en activant ses aiguilles.

4

— Vous êtes superbe, Marie ! J'ai failli ne pas vous reconnaître.

Marie accueille la remarque d'Anne en riant.

— Je ne sais pas trop comment le prendre, mais merci, Anne ! Vous n'êtes pas mal non plus.

Marie a troqué sa tenue de voyage contre un pantalon noir et un pull kaki, du mascara et une queue-de-cheval. Anne porte le même tailleur que ce matin, mais dans une couleur différente.

— Ah, vous prenez votre sac ? demande Marie. Vous savez qu'on n'a pas besoin d'argent, tout se paie avec la carte *Felicità*.

— Je sais, je sais. Mais j'ai mon téléphone là-dedans. J'attends un appel.

— D'accord. Vous voulez manger où ?

Anne hausse les épaules.

— Je n'en ai aucune idée. Je suis complètement perdue sur ce gros bateau. Il paraît qu'il y a plusieurs restaurants ?

Marie n'est pas perdue. À force de les lire, elle a presque imprimé le plan du paquebot et son règlement dans son cerveau. Il y a longtemps que l'inconnu et la surprise ne font plus partie de sa vie. À force d'habitudes, elle est devenue une de ces personnes organisées qui ont besoin de tout maîtriser. Elle sait qu'il y a cinq restaurants, un supermarché, un cinéma, des boutiques, une bibliothèque, un coiffeur, des piscines, une couverture supplémentaire dans sa cabine, un téléphone à l'accueil, une équipe médicale polyglotte, une morgue, elle connaît le programme de chaque escale, le visage des principaux membres d'équipage, la durée des traversées, le menu des restaurants.

— Le resto espagnol me tente bien, dit-elle. J'ai lu que leur paëlla était très bonne.

— Je vous suis ! Cela fait bien longtemps que je n'en ai pas mangé. Ils doivent avoir de la sangria en plus. C'est parfait.

C'est assises sur des bancs, autour d'une grande table commune, que Marie et Anne entament leur première soirée à bord du paquebot. Partager un plat, *a fortiori* quand il contient des moules et des crevettes à décortiquer, ça crée des liens. Il faut peu de temps aux passagers pour entamer la conversation avec leurs voisins de tablée. Marie perçoit quelques mots qui ressemblent à de l'allemand derrière elle, de l'anglais à sa droite et des bribes d'italien un peu plus loin. Ou de l'espagnol, elle confond toujours.

La dernière fois qu'elle a pratiqué, en dehors de l'école, elle avait huit ans. Avec ses parents et sa sœur, ils étaient partis en Italie pour quelques jours de camping. Elle avait tellement aimé découvrir une nouvelle culture qu'elle avait noirci les quatre-vingt-seize pages d'un cahier de brouillon et s'était promis de beaucoup voyager. Elle ne s'est pas complètement menti : elle a sa collection de DVD.

— Vous êtes françaises ?

La magnifique brune assise à côté d'Anne aspire bruyamment la tête d'une crevette.

— Ça fait du bien d'entendre parler français ! J'ai cru qu'il n'y avait que des étrangers ici. Déjà y a que des vieux, si en plus ils parlent pas français, je suis au bout de ma vie. Je m'appelle Camille, au fait.

— Je suis française, répond Anne. En revanche, j'ai bien peur d'être vieille.

— C'est mieux que rien. Je supporte pas la solitude.

Marie hausse un sourcil.

— Je pense que vous vous êtes trompée de croisière, alors.

— Non, mais j'avais pas compris le truc solitaire, là, j'ai pas bien lu la brochure. Il fallait que je fasse le tour du monde, et c'était la seule croisière à ces dates-là.

— *Il fallait* ? répète Anne.

Camille s'attaque au poulet.

— Ouais, j'en pouvais plus de ma vie plan-plan, le boulot, les copains, les factures… J'ai même pas vingt-cinq ans, bordel ! Alors, j'ai pris un congé et je me suis lancé un défi : je vais me taper un mec dans chaque pays.

Assis à côté de Marie, un homme aux cheveux gris manque de s'étouffer avec une rondelle de chorizo.

— Vous taper un mec dans chaque pays ? répète Anne en détachant chaque syllabe.

— Ben, ouais ! Enfin, je dis pas que je vais coucher chaque fois, hein. Juste quand ils seront vraiment canon, sinon la langue suffira.

L'homme aux cheveux gris se tortille sur le banc. Marie se ressert un verre.

— Et vous faites quoi comme boulot ? demande-t-elle.

— Je suis gestionnaire de patrimoine dans une banque privée. Uniquement les grands comptes. Ça étonne toujours. Paraît que j'ai pas le profil type.

Marie s'empêche de recracher sa sangria en appuyant une serviette contre sa bouche. Anne secoue la tête en pouffant. Camille les imite et lève son verre.

— À notre tour du monde !
— À notre tour du monde !

Assises sur les transats du pont supérieur, emmitouflées dans les couvertures supplémentaires de leurs cabines, les trois femmes terminent la soirée.

Camille détaille son planning ambitieux, Anne se demande si la boule dans son ventre ne serait pas un début de mal de mer, Marie raconte la surprise qu'elle a réservée à son mari pour son anniversaire.

En observant les étoiles au-dessus de sa tête, elle prend conscience de la situation. Elle se trouve sur un paquebot au milieu de la Méditerranée, sans ses proches, loin de tous ses repères, avec une sexagénaire angoissée et une jeune nymphomane.

Elle pourrait avoir peur, culpabiliser, regretter, elle pourrait vouloir faire demi-tour, tout annuler, rentrer chez elle en faisant comme si rien ne s'était passé.

Mais elle préfère se laisser envahir par un sentiment qui ne lui avait pas rendu visite depuis longtemps : de la fierté.

Jusqu'à ce qu'Anne se mette à pleurer.

5

Marie a trop bu hier soir. Trop fumé aussi. Deux cigarettes et demie, pour une non-fumeuse, c'est trop. Un léger coup frappé à la porte la tire du sommeil. Les voyants rouges du téléviseur annoncent sept heures. Elle s'est couchée il y a cinq heures à peine, après avoir passé la soirée avec Anne et Camille.

Elle se dégage de la couette. Ça faisait des années qu'elle n'avait pas si bien dormi. Le roulis du paquebot n'y est sans doute pas étranger. Tout comme ce sentiment de liberté qui ne la quitte pas.

Elle enfile sa robe de chambre et ouvre la porte. Anne est devant, les yeux bouffis, le sourire à l'envers.

— Bonjour, Marie. Je tiens d'abord à te dire que je ne suis pas du genre à m'épancher, d'habitude.

— Entre, je ne suis pas habillée.

Elle obéit et s'assoit sur le sofa. Marie se pose face à elle, au pied du lit.

— Je n'ai pas dormi de la nuit, dit Anne en soupirant. Je pense que j'ai fait une terrible erreur… J'ai gâché ma vie.

— C'est pour ça que t'as pleuré hier soir ?

— Oui. J'ai préféré mentir, je n'osais pas vous en parler. Mais là, j'en ai besoin, je n'arrive pas à garder tout ça pour moi. Tu me prêtes ton oreille ?

— Bien sûr ! Tu veux un jus d'orange ?

Anne se confie à Marie en triturant un mouchoir en papier.

Elle a soixante-deux ans, dont près de quarante passés avec son compagnon Dominique. Un amour tellement fusionnel qu'ils ont fait le choix de ne pas avoir d'enfants.

— Nous nous suffisions à nous-mêmes. Un enfant aurait été de trop.

Anne pensait que leur entente harmonieuse durerait toujours. Leur couple n'avait jamais connu de déchirure, tout au plus quelques accrocs vite raccommodés à force de discussions. Ils étaient un modèle pour leurs amis et se répétaient souvent qu'ils avaient de la chance de s'être trouvés. Être ensemble était leur définition du bonheur.

Mais, il y a quelques mois, Dominique a changé de comportement. Lui qui était toujours joyeux est devenu maussade. Son entreprise faisait face à un nouveau concurrent qui attirait ses plus gros clients. S'il n'arrêtait pas l'hémorragie, il devrait mettre ses collaborateurs à la porte et la clé dessous.

Il ne comptait déjà pas ses heures, c'est devenu pire. Chacun de ses instants était consacré à son entreprise. Il se levait avant le réveil d'Anne, se douchait sans faire de bruit et quittait l'appartement en refermant la porte doucement. Le soir, il rentrait après son coucher et se glissait auprès d'elle en veillant à ne pas la déranger. Les rares fois où ils se croisaient, il avait la tête ailleurs. Il était fermé, angoissé, tendu. La vie d'Anne était devenue silencieuse. Elle se sentait seule.

— J'ai eu peur. Il me restait peu de temps avant la retraite. Je l'avais toujours attendue avec impatience, mais là, je la redoutais. À quoi allait ressembler mon quotidien ? Une succession de journées sans bruit… sans lui ? Je ne m'imaginais pas dans cette ambiance sinistre. C'était impossible ! Alors, j'ai essayé de le faire réagir… Tu aurais un Kleenex ?

— Non… Du papier-toilette ?

Anne a d'abord essayé de discuter. C'était leur point fort, la communication, celui qu'ils brandissaient quand on leur demandait leur recette pour faire durer leur couple. Elle lui a expliqué qu'elle se sentait seule, qu'elle préférait même être au travail. Au moins, il y avait ses collègues. Il semblait la comprendre, il faisait même quelques efforts, mais ils s'essoufflaient vite.

Elle n'avait plus le premier rôle dans sa vie. Alors, un soir où il n'était pas rentré à minuit, elle s'est levée, a rempli une valise de ses affaires, l'a posée devant la porte avant de la fermer en laissant la clé dans la serrure. Puis elle est retournée se coucher.

— Ah oui, tu rigoles pas ! s'exclame Marie.

— Je voulais juste le faire réagir. Je ne pensais pas qu'il le prendrait comme ça. J'étais persuadée qu'il sonnerait ou qu'il m'appellerait !

Mais non. Dominique a pris sa valise et a disparu. Littéralement. Anne l'a appelé des milliers de fois, lui a laissé de nombreux messages, l'a attendu des heures devant son bureau. Il n'a répondu qu'au bout d'une semaine. Il était déçu, c'était la première fois qu'il avait besoin de son soutien, et elle n'avait pas été là pour lui. Ajouté au fait qu'elle avait toujours refusé ses demandes en mariage, il ne croyait plus en elle. Il avait besoin de temps, une pause était nécessaire.

Anne renifle.

— Il avait raison : j'ai été horrible avec lui. J'aurais dû dire oui la première fois qu'il m'a parlé de mariage, mais je n'en avais pas envie. On n'avait pas besoin de ça ; j'avais peur que ça casse quelque chose.

— Il n'est jamais revenu ? demande Marie.

— Attends, ce n'est pas fini !

Sans Dominique à ses côtés, Anne a sombré. Elle ne savait rien faire sans lui, elle ne voulait rien faire. L'avenir qui se dessinait, elle ne l'avait jamais envisagé. Tout le lui rappelait, une chanson, un film, une odeur. Elle sombrait. C'est là qu'elle a fait ce qu'elle appelle sa «plus grosse bêtise».

C'était une soirée entre collègues, avec quelques anecdotes et beaucoup d'alcool. Il y avait Jean-Marc, l'informaticien toujours réconfortant.

Elle s'est confiée à lui, il l'a écoutée et a séché ses larmes à coups de paroles bienveillantes et de caresses sur le bras. Sans s'en rendre compte, elle s'est retrouvée dans sa chambre, à cheval sur lui. Il était en train de déchirer un sachet de préservatif lorsqu'elle a réalisé la scène. Elle s'est levée à la hâte, a ramassé ses affaires et a déguerpi sans même prendre le temps de se rhabiller.

— C'est plutôt bien, t'as résisté ! dit Marie.

— Dominique ne l'a pas entendu de cette oreille…

— Ah merde !

— Comme tu dis…

Après plusieurs semaines de réflexion, il a réalisé que sa compagne lui manquait. Il l'a invitée dans leur restaurant favori pour lui annoncer qu'il souhaitait reprendre leur vie commune. Submergée de joie, elle a pensé qu'elle n'avait pas le droit de lui mentir. Elle n'avait pas été au bout avec Jean-Marc, il serait soulagé et la comprendrait.

Il n'a malheureusement pas accueilli ses confessions de cette manière. Il l'a plantée sans dire un mot, et elle a fini le dîner en tête à tête avec une daurade royale.

— Une semaine plus tard, il venait récupérer toutes ses affaires. Hop! quarante ans de vie engloutis dans un camion de déménagement. Je l'ai suivi des yeux jusqu'au bout de la rue en priant pour qu'il fasse demi-tour. Mais il est devenu de plus en plus petit et a disparu...

— T'as pas essayé de lui expliquer, d'arranger les choses?

Elle a tout essayé. Elle lui a écrit des lettres, envoyé des SMS, présenté des excuses, elle a pleuré, prié, promis, elle a même rendu visite à une médium réputée pour agir à distance sur les personnes ciblées. Rien n'a fonctionné. C'est comme s'il l'avait rayée de sa vie. Cette croisière, c'est sa dernière chance.

Elle lui a envoyé un message pour le prévenir de son départ. Elle est restée vague : «Je pars, adieu.» Elle s'attendait à une réaction. S'il l'aimait un tant soit peu, il s'inquiéterait, il voudrait en savoir plus. Il ne la laisserait pas partir comme ça. Depuis hier, elle n'a pas quitté son téléphone. Il n'a pas sonné une seule fois.

— C'est terminé, souffle-t-elle. Je l'ai perdu.

— Je suis désolée, Anne. Tu as l'air forte. Je suis sûre que tu vas te reconstruire.

— Je ne veux pas me reconstruire, je veux qu'il revienne. Je ne parviens pas à arrêter de l'aimer.

Marie va chercher un deuxième rouleau de papier-toilette dans la salle d'eau et le tend à Anne.

— Je ne suis pas sûre que ça changera quelque chose, mais je crois que j'ai une idée.

6

Le bus est presque plein. Sur les sièges jaunes, les croisiéristes et leurs appareils photo attendent le départ. La visite guidée de Barcelone est apparemment l'excursion la plus prisée de la journée.

— Oh là là, quel monde ! Nous allons étouffer ! Vous ne préférez pas aller au Spa, vous êtes sûres ?

Anne tapote son front avec un mouchoir. Si elle avait été seule, elle aurait privilégié une activité plus isolée. La foule l'angoisse. Mais Marie lui a expliqué son plan pour l'aider à reconquérir Dominique, et il débutera vraisemblablement cet après-midi, lors du quartier libre. Elle n'a pas le choix : elle doit y être.

Camille s'est jointe à elles. La capitale catalane est une excellente ligne de départ pour son tableau de chasse. Elle a toujours eu un faible pour les latinos.

— Merde, y a que des places isolées. On va pas pouvoir être côte à côte !

— C'est pas grave, répond Marie. On se retrouve après la visite guidée.

Depuis son arrivée, elle a eu peu de moments à elle. Se retrouver seule quelque temps ne lui fera pas de mal. Plus jeune, elle détestait la solitude ; il fallait qu'elle soit toujours entourée. Puis elle l'a subie. Finalement, elle est devenue sa compagne. Les habitudes deviennent une seconde nature, à l'usure.

Elle se dirige vers une place libre, troisième rangée, côté fenêtre. Côté couloir, un homme est plongé dans un guide touristique, les jambes tendues sous le siège de devant. Marie reconnaît les cheveux gris. Il était à leur table la veille, c'est lui qui a failli s'étouffer à cause de Camille. Il est donc français.

— Pardon, monsieur, dit-elle.

Aucune réaction.

— Excusez-moi, monsieur, je voudrais passer.

Toujours rien.

— Youhou ! Vous m'entendez ? répète-t-elle en lui touchant l'épaule.

— Cette place n'est pas libre, fait-il sans lever les yeux.

— Ah, pardon, vous attendez quelqu'un ?

— Non. Vous voyez bien qu'il y a mon sac.

— Vous n'êtes pas sérieux ?

— …

— Monsieur ?

— …

Marie regarde autour d'elle. Les seules places restantes sont côté couloir. Elle n'y verrait pas grand-chose du paysage. Elle veut cette place. Camille est assise à deux rangées de là. Elle lève un poing en l'air pour lui donner du courage. Le bus démarre. Imperturbable, l'homme lit toujours la même page.

— Bon, allez, ça suffit, laissez-moi passer. On se donne en spectacle.

— Vous me dérangez, je suis en train de lire.

Marie se penche à son oreille et murmure en souriant froidement :

— Vous êtes mal tombé, je commence à en avoir ma dose des types dans votre genre. Alors, si vous ne me laissez pas passer, je vous grimpe dessus et je m'assois sur votre sac de merde.

L'homme aux cheveux gris reste immobile quelques secondes, puis, sans lâcher son livre des yeux, il attrape son sac à dos et le glisse sous ses jambes avant de les replier pour la laisser passer.

Marie hoche la tête.

— Merci bien, monsieur.

— Hmm.

Elle passe entre ses genoux et le siège de devant, s'assoit et, pour faire tomber son stress, se concentre sur les maisons catalanes qui défilent. Les passagers n'ont pas l'air d'avoir entendu, mais elle est gênée. Elle n'a jamais aimé se faire remarquer. Ce type l'a poussée à bout ; c'est monté d'un coup. Impossible de se retenir. Elle cale les mains sous ses cuisses pour calmer le tremblement. Son costume de mère au foyer docile semble être devenu trop petit pour elle et craque de tous côtés.

Comme si faire une première bonne impression ne lui importait plus autant qu'avant. Comme si elle se foutait désormais de ce que les autres pouvaient penser.

C'est effrayant de ne pas connaître celle qui se cache sous la carapace. Mais ça faisait longtemps qu'elle ne s'était pas sentie aussi vivante.

Après avoir fait découvrir les incontournables de Barcelone aux passagers, le bus les dépose au

Vieux-Port pour qu'ils puissent profiter de leur après-midi de liberté. Camille rejoint Anne et Marie sous la colonne Christophe Colomb.

— Vous faites quoi ?

— On va aller se balader dans Las Ramblas, ça vous dit ?

— C'est quoi ? demande Anne.

— C'est une grande avenue très animée, avec des cafés, des monuments, des stands, carrément imman-quable quand on vient à Barcelone ! répond Marie en citant l'un de ses DVD.

— Moi, je vous laisse, je vais chasser le latino ! lance Camille en s'éloignant. À tout à l'heure, les filles !

Anne lui fait un signe de la main.

— J'envie son insouciance…

— Essaie de profiter un peu, regarde le beau temps qu'on a ! Et cette ville est magnifique, pas vrai ?

— Si. J'ai été émerveillée par la Sagrada Familia. Si seulement je pouvais partager ça avec Dominique…

Marie passe son bras sous le sien et l'entraîne vers l'avenue qui se déroule devant elle.

— Viens, on va s'en occuper.

7

C'est le troisième kiosque qu'elles visitent. Dans les deux premiers, Anne n'a pas trouvé ce qu'elle cherchait. Le plan de Marie lui paraît voué à l'échec, mais elle a accepté de s'y plier. Elle pensait avoir grillé sa dernière chance ; on lui en offre une supplémentaire. Elle ne va pas la refuser.

Marie n'avait pas prévu de se lier d'amitié pendant son périple. Elle avait même plutôt envisagé le contraire. Elle s'était imaginée en train de réfléchir sur le paquebot, de méditer dans des paysages exotiques, de visiter des monuments, de déguster un bon plat, de flotter dans la piscine, toujours en solitaire. C'est ce dont elle avait besoin, la raison pour laquelle elle avait choisi cette croisière-là. Anne et Camille ont contrecarré ses plans. Elle passe beaucoup de temps en leur compagnie, présage que la suite du voyage se fera avec elles, et finalement cela ne lui déplaît pas.

Des amis, elle en a eu. Plein. À l'époque du lycée, ils étaient une dizaine d'inséparables, des filles, des garçons, des couples. Ils avaient encré leur amitié sur le banc du fond de la cour et s'étaient promis de ne jamais se perdre de vue. Ils faisaient des projets ensemble, imaginaient les soirées qu'ils passeraient ensemble quand ils auraient une famille, riaient en pensant aux têtes qu'ils auraient alors. Ils ne deviendraient pas un de ces adultes incapables de trouver quelques minutes pour leurs amis, ils le juraient sur leurs Chappy. Ils ont tenu parole, ils ne se sont pas perdus de vue. Ils sont toujours amis sur Facebook et cliquent sur *J'aime* sous les photos des uns et des autres. Marie sait que Cynthia a deux enfants, qu'Alex vit à Londres et qu'Emma est fan de Florence Foresti.

À part sa sœur, les épouses des collègues de Rodolphe et les mères des copines de ses filles, elle ne fréquente plus personne. Ces deux femmes sur son chemin, toutes deux tellement différentes, ce n'est certainement pas pour rien. Elles sont comme elle, à la croisée des chemins, à l'un de ces instants où la direction prise va déterminer le reste de leur existence. Ensemble, elles ne seront pas plus lucides, sans doute pas plus fortes. Mais, au moins, elles ne seront pas seules.

— Je crois que je l'ai trouvée.

Anne tend la main vers le présentoir de cartes postales et en attrape une. La photo représente un couple survolant Barcelone en ballon.

Marie hoche la tête.

— Elle est parfaite. Tu prends un stylo avec ?

Son plan est simple.

Dominique doute des sentiments d'Anne, qui ne l'a pas soutenu lorsqu'il en avait besoin. Pour le faire réagir, elle est partie sans lui dire où elle allait. Elle le conforte dans ses interrogations alors qu'elle doit le rassurer. Elle va tenter de le faire.

46

Les deux femmes se sont installées à la terrasse d'un restaurant de spécialités locales. Anne trempe ses lèvres dans son verre de sangria et sort la carte postale de son sac. Elle n'est plus très sûre d'elle en la posant sur la table. Marie l'encourage d'un sourire. Anne prend une grande inspiration, puis, avec le stylo argenté qu'elle a déniché dans une boutique de souvenirs, elle écrit lentement ce qui était prévu. Elle ajoute les coordonnées de Dominique sur une enveloppe timbrée, la ferme et se cale contre le dossier de la chaise.

— Je crois que je n'arriverai pas à l'envoyer. Je suis terrorisée.

— De quoi tu as peur ? lui demande Marie en attaquant sa tortilla.

— De le perdre définitivement. Enfin, c'est sans doute déjà fait, mais j'ai toujours l'espoir. Là, il risque de ne pas apprécier, de croire que je me moque de lui.

Marie secoue la tête.

— Je suis sûre que non. Je pense qu'il attend une preuve de ta part ; il est perdu.

— Tu as sans doute raison. Mais je crains de manquer d'audace. Je suis une froussarde, tu sais…

Pour toute réponse, Marie pose sa fourchette, attrape l'enveloppe, se lève et traverse la rue piétonne en courant. Au bout de quelques mètres, elle s'immobilise devant une boîte aux lettres qu'elle avait repérée. La levée est dans deux heures. Elle lance un regard à Anne, qui semble avoir cessé de respirer, lui sourit et insère l'enveloppe dans la fente. Son audace à elle refait surface après un long sommeil.

8

C'est sur la terrasse de Marie, autour de deux boîtes en carton, que Camille leur raconte son aventure catalane. Leurs jambes à l'abri des couvertures, elles partagent pizzas et anecdotes.

— Regardez-moi un peu ce canon !

Camille tend son smartphone sous le nez de ses amies. Sur l'écran, un brun aux cheveux mi-longs prend la pose.

— Je vais le mettre en fond d'écran et je le changerai au prochain. C'est ce qu'on appelle un fond d'écran dynamique !

Marie et Anne rient de la voir si excitée.

La proie s'appelait Miguel. Elle a été repérée de loin. Des fesses musclées dans un jean délavé, son mets préféré. La chasseuse l'a observée un moment avant de s'approcher à couvert. Une seule attaque serait tolérée ; elle n'avait pas droit à l'erreur. La proie n'a opposé aucune résistance, plongeant dans le sourire de la prédatrice avec gourmandise. Le piège n'avait plus qu'à se refermer.

Depuis le début de la croisière, Camille fanfaronnait : elle allait enchaîner les conquêtes sans sentiment, sans gêne, sans attache. Mais la vérité, c'est qu'elle n'était pas sûre d'y arriver. Ce qu'elle n'a pas encore avoué à ses deux nouvelles amies, c'est qu'avec les hommes, elle n'est pas vraiment experte. À vrai dire, elle n'en a eu qu'un seul dans sa vie. Et la réciproque n'est même pas vraie.

Il y a deux ans, Camille était grosse. Pas ronde, pas enrobée, pas potelée, pas généreuse, pas dodue, pas forte. Grosse. Elle avait développé des tas de qualités pour faire oublier les couches de graisse dans lesquelles elle s'était enveloppée à la mort de sa mère.

On pouvait utiliser plein d'adjectifs pour la qualifier : drôle, serviable, cultivée, bosseuse, douée en dessin, exubérante, dynamique ou encore minutieuse. Mais ce n'était pas suffisant. Le gras est plus visible que la culture. Camille, c'était la grosse rigolote, la bonne copine qu'on invitait aux soirées pour mettre l'ambiance, mais qu'on oubliait dans un coin quand les slows résonnaient.

« C'est dommage » est sans doute la formule qu'elle a le plus entendue depuis sa naissance. Sa grand-mère trouvait dommage que son beau visage soit neutralisé par son gros corps. Son père trouvait dommage qu'elle ne fasse pas plus d'efforts pour maigrir. Ses copines trouvaient dommage qu'elle ne vienne pas faire les boutiques avec elles. Son frère trouvait dommage qu'elle mange tous les gâteaux. Les garçons trouvaient dommage qu'elle tombe amoureuse d'eux. Jusqu'à ce qu'elle rencontre Arnaud.

Elle avait dix-huit ans ; il a atterri dans sa classe au beau milieu du deuxième trimestre. La première fois qu'ils ont fait l'amour, il a éteint la lumière. Elle a trouvé ça délicat de sa part. Il venait la voir souvent, ils s'enfermaient dans sa chambre, ils regardaient la télé, ils révisaient, ils s'embrassaient. Elle se demandait ce qu'il lui trouvait.

Il ne voulait pas que ça se sache. Les couples dans une classe, c'était mal vu, il valait mieux garder le secret. Ils l'ont gardé trois ans. Un jour, il n'est pas venu la rejoindre. Elle lui a laissé un message ; un ami commun l'a intercepté. La rumeur était lancée. Elle a pris fin lors d'une soirée, en même temps que leur histoire, quand Arnaud a confronté Camille en public. «Vous pensez vraiment que je pourrais me taper la grosse ?» il a dit. Elle a pleuré, ils l'ont défendue, il est parti.

En rentrant ce soir-là, elle s'est déshabillée face au miroir et a observé son gros corps. Zone par zone, elle a frotté sa peau de toutes ses forces avec son poing serré. Son ventre qui retombait en un flasque bourrelet sur son pubis. Ses seins informes. Ses cuisses qui l'obligeaient à marcher les jambes écartées. Son visage boursouflé. Ses fesses dégueulasses. Elle avait mal, elle était rouge, mais ça ne fondait pas. Ça ne se modelait pas non plus. Dès le lendemain, elle a entamé un nouveau régime. Elle a tenu quatre jours.

Il y a deux ans, Camille avait assez d'argent de côté pour se faire opérer. Elle s'est rendue à la clinique avec une valise pleine de tee-shirts amples et d'espoirs. Le médecin lui a expliqué que ce serait douloureux, que le combat ne faisait que commencer. Elle lui a répondu que ce qui commençait vraiment, c'était sa renaissance.

Ils ont réduit son estomac et augmenté sa confiance en elle. Kilo après kilo, l'aiguille sur la balance a flanché. Quand elle a atteint les quarante-cinq kilos de perte, Camille s'est fait enlever la peau relâchée, elle s'est mise au sport et a entamé une thérapie. Puis elle a demandé à être mutée dans une agence inconnue.

Depuis six mois, elle partage son bureau avec Julien. Elle aimerait partager des tas d'autres choses avec lui, et pas seulement un déjeuner. Il est capable de la faire frissonner en lui demandant de lui passer un dossier. Seulement, lorsqu'il l'a invitée à dîner, elle a paniqué. Elle n'était pas prête. Peur de ne pas avoir assez d'expérience, peur qu'il voie ses vergetures, peur de lui faire payer son passé, peur de mal s'y prendre… Elle a posé un congé sabbatique et décidé de se former en accéléré.

— Et, donc, tu as été jusqu'où avec Miguel? demande Anne.

— Oh, on s'est juste galochés. Il était un peu mou de la langue. C'était mauvais signe pour le reste.

9

Terre ferme. Après deux jours de navigation, le paquebot déverse ses passagers à Funchal, le chef-lieu de l'île de Madère. Debout sur le quai, Marie énumère les activités proposées à Anne et Camille.

— Le pique-nique au Cabo Girao me tente bien, pas vous ?

— C'est un monument ? demande Anne.

— Non, une falaise. Il paraît que la vue est magnifique.

— Bon sang ! J'éviterai de m'approcher du bord…

— J'ai lu qu'il y avait des parapentistes là-bas, ajoute Camille. Je sens que je vais kiffer !

Anne fronce les sourcils.

— Que signifie « kiffer » ?

Cette fois, le bus est presque vide. Marie repère instantanément l'homme aux cheveux gris, assis côté couloir, troisième rangée, les jambes tendues devant lui, le regard plongé dans un livre, son sac posé sur le siège voisin.

Elle est prise d'une envie de lui écraser le pied en passant, de lui faire tomber son appareil photo sur la tête ou de lui adresser, par inadvertance, un coup de boule avec élan. Elle a rarement eu ce genre de pensées. Une fois, en réalité. Avec Josette Lanusse, sa voisine qui portait bien son nom.

Un balcon au sol vitré surplombe la falaise. Marie a le souffle coupé par le spectacle qui s'offre à elle. Elle n'a jamais rien vu d'aussi beau.

À flanc de falaise, des plantations s'accrochent, accessibles par un téléphérique réservé aux paysans. Plus loin, de petites habitations typiques font face à l'immensité de l'Atlantique. Sous ses pieds, les vagues se jettent contre la roche dans un va-et-vient perpétuel. Elle prend une grande bouffée d'air iodé. Ça, elle ne l'avait pas sur ses DVD. Même l'homme aux cheveux gris, agrippé à la rambarde, a quitté son air renfrogné.

Ici, à cinq cent quatre-vingt-neuf mètres du sol, Marie se sent en phase avec elle-même. Elle domine. Le paysage, sa vie, la situation.

— Bon, vous voulez bien vous éloigner du bord ? Je vais tourner de l'œil !

Anne se tient à une vingtaine de mètres de l'observatoire, les doigts entrouverts sur ses yeux. Camille rit et attrape la main de Marie.

— Allez, viens, on va la rejoindre. Sinon, elle va nous claquer entre les doigts.

— Ça tombe bien, je commence à avoir faim !

La table en bois a été choisie avec soin. Pas trop près du bord de la falaise, pour ne pas effrayer Anne, mais suffisamment pour profiter du paysage, elle offre surtout une vue imprenable sur les parapentistes.

À la fin du pique-nique, Camille a jeté son dévolu sur un moniteur. Elle en est persuadée, il est magnifique. Le fait qu'il soit caché sous un casque, des lunettes de soleil et une combinaison ne la freine pas.

— Ça vous dit de voler ? demande-t-elle.

— Je pense que je préfère encore mourir, répond Anne.

— Marie ?

— Je sais pas… C'est impressionnant quand même !

— Allez, Marie, lance-toi ! s'exclame Anne. J'en ai envie, mais ma peur me paralyse. Ne fais pas comme moi.

Marie inspire longuement.

— Allez, d'accord. Allons planer avec les aigles !

En regagnant leurs cabines, ce soir, les trois femmes se refont le film de leur journée.

Camille songe à Leonardo, son beau moniteur, dont elle a senti le souffle sur sa nuque tout au long du vol. Il a pris une pause pour aller se balader avec elle et lui faire découvrir l'un des plus jolis points de vue de l'île. C'était beau, mais pas autant que sa bouche.

Il s'est décidé à l'embrasser au moment de repartir. Il était un peu empoté, parfait pour un premier. Il n'a pas dû remarquer qu'elle l'était aussi. Elle aurait préféré qu'il enlève ses lunettes pour la photo, mais ce fond d'écran fera l'affaire.

Anne revoit la petite boutique de souvenirs qu'elle a visitée à Funchal. Elle a failli renoncer au plan, faire demi-tour et prétexter une pénurie de cartes postales dans toute la ville. Mais elle ne s'est pas écoutée. Avant de changer d'avis, elle a choisi la carte postale parfaite : un couple qui s'embrasse sur la falaise, sous un vol de parapentes. Elle a écrit au dos et l'a glissée dans une boîte aux lettres rouge en espérant qu'elle n'était pas là uniquement pour le folklore.

Elle imagine la tête que fera Dominique en la recevant. Elle espère que ce ne sera pas une grimace.

Marie revit son vol. Son cœur a failli exploser quand elle a couru sur la falaise avant de s'élancer dans le vide. Et puis, soudain, la liberté. Un patchwork de joie, de plénitude et de puissance l'a enveloppée pendant qu'elle glissait sur le vent. Elle avait envie de crier, peut-être même qu'elle l'a fait, elle ne s'en souvient pas bien.

Elle a des photos, heureusement. Ses filles ne la croiront jamais. Elle revoit la petite Marie de huit ans qui, alors qu'elle observait un vol de grues avec son père, avait affirmé qu'un jour elle volerait comme un oiseau. Cette petite fille doit enfin être fière d'elle.

10

Le salon de coiffure se trouve au pont E. Ce soir, c'est le réveillon du Nouvel An. Marie avait envie de marquer le coup. Cette nuit, elle a rêvé qu'elle était rousse et que ça lui allait bien. En se réveillant, elle a réalisé que plus rien ne l'empêchait de le devenir.

Chaque fois qu'elle lui a fait part de son envie de changer de tête, Rodolphe s'y est opposé : le roux, c'était pour les femmes qui voulaient se faire remarquer. Sa couleur lui allait très bien. Ce n'était pas faux. Son châtain terne collait parfaitement à son caractère transparent. Il est temps que ça change.

La coiffeuse, Sabrina, ne pourrait pas cacher son métier. Un carré plongeant platine encadré de deux mèches noires, c'est un aveu. Elle est plus excitée que Marie par le relooking qui s'annonce.

— Je mets une serviette sur le miroir, dit-elle en joignant le geste à la parole. Comme ça, vous verrez le résultat à la fin, d'accord ?

Confier sa tête à une inconnue sans avoir le moindre droit de regard, ça sort des compétences de Marie. Elle doit se faire violence pour ne pas quitter son siège en courant. La dernière fois qu'elle a mis les pieds dans un salon, c'était il y a trois ans, pour masquer ses cheveux blancs. La coiffeuse a insisté pour lui couper les pointes et «faire un petit quelque chose pour le manque de volume». Marie est sortie de là avec l'impression d'avoir été toilettée et une ressemblance troublante avec Kiki, le cocker de son enfance.

— Alors, pourquoi vous faites une croisière toute seule? demande Sabrina en lui massant le crâne.

— J'ai besoin de me retrouver.

— Vous avez été plaquée?

— J'ai quitté mon mari, répond Marie en espérant qu'elle se taise pour apprécier son massage.

— Ah, c'est bien, ça! Comme je dis toujours, la meilleure façon de ne pas se faire plaquer, c'est de plaquer avant. Il a fait quoi? Vous étiez cocue?

— Il n'a rien fait. Il est.

— Il est quoi? Homo?

Marie se met à rire.

— Mais non! Il *est,* c'est tout. Sa façon d'être ne me convenait plus.

— Ah! d'accord, répond Sabrina en posant une main sur sa poitrine. J'avais une copine, Carole, elle s'appelait. Elle était au collège avec moi. Je l'aimais bien, elle était rigolote et elle avait toujours de belles boucles d'oreilles. Bref, elle a fait pareil que vous : elle a quitté son mari. Eh ben, il l'a tuée. Ni plus ni moins. Un coup de fusil dans la tête. Paraît qu'y a encore des morceaux de cervelle sur le mur. Vous devriez faire gaffe. Enfin, moi, je dis ça, je dis rien.

Anne et Camille doivent se demander où elle est passée. Elle imagine la tête qu'elles feront en découvrant la sienne.

Elle ne leur a rien dit de ses projets. Elle voulait leur faire la surprise. Cette nuit, elles entreront dans une nouvelle année. La Marie d'avant restera dans l'ancienne.

De longues mèches châtaines recouvrent le carrelage blanc. Des larmes lui chatouillent les yeux. Elle refuse de pleurer, elle l'a assez fait. Toutes ces soirées passées à vider les paquets de Kleenex pendant que son mari était «en réunion». Toutes ces années à essayer de se persuader qu'ils étaient une famille. Tous ces SMS qu'il recevait, ces sonneries qui lui broyaient le cœur. Toutes ces promesses non tenues. Les larmes avaient leur place dans le planning quotidien. Elle ne pleurera plus. Surtout pas pour des cheveux châtains.

— Ma-gni-fique ! Vous êtes splendide !

Sabrina observe Marie sous tous les angles en poussant de petits cris et en applaudissant. Marie sent la peur l'envahir. Il y a des personnes dont on aimerait ne jamais recevoir de compliments. Et puis la serviette tombe.

Dans le miroir, c'est elle. Enfin elle. Quand elle rêvait sa vie, c'est comme ça qu'elle se voyait. Elle s'approche, tourne la tête, touche une mèche. Ça lui plaît. Un carré long un peu froissé, cuivré, une frange qui tombe juste au-dessus de ses yeux noisette. Pour un peu, elle embrasserait son reflet. Elle se contente de Sabrina, qui n'a pas arrêté d'applaudir.

Anne et Camille sont sur le pont supérieur, assises sur des transats. Elles discutent en réchauffant leurs mains autour d'une tasse de thé. Marie se poste juste devant elles, les mains sur la taille, le menton haut.

— Ça vous dérange pas de nous cacher le soleil ? lance Camille en levant la tête.

— Marie ? s'exclame Anne. Marie, c'est bien toi ?

— J'y crois pas comment t'es canon !

Anne se lève pour l'admirer.

— Tu es resplendissante, tu me donnes envie de faire la même chose. Petite cachottière !

Marie tourne sur elle-même.

— Merci, les filles ! Je voulais vous faire la surprise. J'en ai profité pour me faire épiler les sourcils et maquiller un peu. Il va me falloir un peu de temps pour m'habituer, mais je trouve ça plutôt pas mal.

— Pas mal ? s'écrie Camille. Tu rigoles ! On dirait Julia Roberts ! Si tu trouves pas un ou deux mecs avant la fin de la croisière, je me fais nonne.

— Prépare ta ceinture de chasteté alors. Je préfère me faire dévorer par des requins plutôt que de retomber amoureuse.

De l'autre côté des canots de sauvetage, accoudé au garde-fou, une cigarette à la main, l'homme aux cheveux gris observe la scène.

11

C'est le réveillon. Plusieurs soirées à thème sont organisées à bord du paquebot : cabaret, concert, soirée jeux ou bal costumé. Marie, Anne et Camille ont choisi de terminer l'année dans la peau de quelqu'un d'autre. Ce sera soirée costumée.

Pour l'occasion, une boutique éphémère de déguisements a été ouverte. Les trois femmes y ont passé deux heures, en quête du costume idéal. Persuadée qu'elle n'oserait jamais enfiler une de ces tenues ridicules, Anne a failli abandonner plusieurs fois. Marie en a essayé plusieurs avant de trouver celui qui lui correspondait le mieux. Camille a immédiatement repéré, essayé, puis adopté le sien.

La discothèque est comble. Sous les guirlandes pailletées, les spots et les boules à facettes, les passagers se déhanchent au rythme de la musique.

Les costumes ont fait tomber les inhibitions. Zorro partage un verre avec Mickey, un gorille se lance dans une chorégraphie endiablée, Wonder Woman et une pom-pom girl se font des confidences au bar.

Il est presque minuit lorsque le volume de la musique diminue. L'animateur annonce que le décompte va commencer. Grisées par l'ambiance et le vin, Calamity Marie, Anne au pays des merveilles et Camwoman se prennent la main.

— Dix, neuf, huit…

Marie ferme les yeux et jette un dernier regard à l'année écoulée. Pour le dernier réveillon, elle a mitonné un repas de fête pour Rodolphe et elle. Les filles fêtaient la nouvelle année avec leurs amis, la télé était éteinte, c'était l'occasion de se retrouver en tête à tête, pour de vrai.

Elle avait mis des chaussures à talons et du rose sur ses joues. À vingt heures, elle a allumé les bougies. À vingt et une heures, elle a envoyé un SMS.

À vingt-deux heures, elle l'a appelé trois fois. À vingt-trois heures, elle a fini les toasts de foie gras. À minuit, elle a téléphoné à l'hôpital. À une heure du matin, elle est allée se coucher seule. Le magret avait refroidi, la bûche avait tiédi, son cœur était carbonisé.

À l'époque, elle pensait encore pouvoir ressusciter leur famille. Elle avait dû se rendre à l'évidence : elle était seule à le croire. Partir a été sa décision la plus difficile. Abandonner tout ce qui a été sa vie durant vingt ans, quitter tous ses repères, transformer son quotidien en souvenirs, mettre un terme à sa famille, ça ne se fait pas sans mal. Mais une fois que ses filles ont planté cette idée dans sa tête, elle n'a plus pensé qu'à ça.

Elle ignore la suite. Elle avançait sur un chemin dont elle connaissait chaque brin d'herbe, chaque caillou, la destination ; elle le quitte pour un autre, sauvage et inconnu. Elle trébuchera sans doute, glissera parfois, tombera dans des pièges, certainement. Visibilité zéro. L'année à venir s'annonce mystérieuse, excitante, angoissante. Elle l'aborde joyeuse, forte et pleine d'espoir. Et un peu pompette, aussi.

— Sept, six, cinq…

Anne sent la main de Marie serrer la sienne. Elle sait à quoi elle pense. Elle aussi a la gorge serrée.

Elle se demande ce que Dominique est en train de faire. S'il est seul. S'il est triste. S'il a prévu d'ouvrir une nouvelle page en même temps qu'un nouveau calendrier. Avant, ils n'aimaient rien tant que de passer le réveillon tous les deux. Seuls. Le programme était immuable.

D'abord un dîner dans un restaurant étoilé, un nouveau chaque année. Ils prenaient deux plats différents, puis chacun piochait dans l'assiette de l'autre. Ensuite, ils se promenaient sur les bords de Seine, main dans la main, en faisant le bilan de l'année écoulée. À minuit, direction le Trocadéro, où Anne sortait de son sac une branche de gui. Là, face à la tour Eiffel illuminée, Dominique tenait le gui au-dessus de leurs têtes, et ils s'embrassaient pendant que Paris criait «Bonne année!». C'était l'une de ses soirées préférées. Depuis quarante ans, elle n'avait pas passé un seul réveillon sans lui. Il lui manque, elle donnerait tout pour qu'il soit face à elle, avec sa branche de gui et son front dégarni.

Il lui reste peut-être vingt ans à vivre, un peu plus si elle freine sa consommation de charcuterie. Elle ne peut pas les passer à se morfondre. Elle mérite mieux qu'une fin de vie parfumée aux regrets. Alors, elle va essayer de profiter de ce changement d'année pour apprendre à vivre sans lui. Essayer de vivre seule, pourquoi pas ? Pour l'année qui vient, sa résolution est de faire connaissance avec elle-même. Et elle est sûre qu'elles vont bien s'entendre.

— Quatre, trois, deux…

C'est la première fois que Camille passe un si bon réveillon. Une main dans celle de Marie, l'autre dans celle d'Anne, elle ne se sent pas seule. Pas comme les autres fois. Le dernier réveillon, comme les précédents, elle l'a passé allongée sur son canapé, un livre entre les mains et des bouchons dans les oreilles pour ne pas entendre les gens faire la fête. Elle avait décliné l'invitation de ses parents. La perspective de parler des dernières frasques de tata Évelyne en regardant Patrick Sébastien la motivait moyennement. Ses amis étaient, comme chaque année, tous invités à des soirées. Pas elle. Elle avait refusé tellement de propositions de sortie quand elle était grosse, par peur de ne pas se sentir à l'aise ou de croiser Arnaud, que tous pensaient qu'elle aimait rester seule. Elle avait fini par le croire elle-même. Chaque fin d'année, elle clamait que le réveillon du Nouvel An était une fête inventée par les restaurateurs pour se faire du pognon. Pour elle, c'était une soirée comme les autres. Mais elle aurait aimé célébrer ce non-événement avec d'autres.

Un changement d'année est le moment idéal pour réaliser quelques ajustements dans sa vie. Parmi ses bonnes résolutions, Camille compte bien se débarrasser du costume de la fille mal dans sa peau. Elle l'enlèvera en même temps que celui de Catwoman et prendra le temps de découvrir celle qui se cache dessous. La croisière devrait l'y aider. À son retour, elle sera assez sûre d'elle pour aller dîner avec Julien… et beaucoup plus si affinités. Mais, d'abord, elle a une collection à poursuivre.

L'année du changement touche à sa fin… place à l'année du renouveau.

— Un… Bonne année !

Marie, Anne et Camille s'embrassent, s'enlacent, se souhaitent le meilleur pour l'année à venir, puis, happées par la foule, se retrouvent à étreindre des inconnus, à recevoir des baisers d'étrangers, à rire avec des personnes qu'elles n'ont jamais vues. Elles passent de bras en bras, de joue en joue, dans cette chaleur joyeuse qui ne se retrouve que lors des célébrations communes.

Après s'être libérée de l'emprise transpirante d'un vieil Italien, Marie se retrouve nez à nez avec un Lucky Luke au visage familier. L'homme aux cheveux gris. Tous deux se figent un instant, puis, mus par l'ambiance, s'embrassent timidement.

— Je vous souhaite une belle année ! lui glisse Marie en souriant.

— Bonne année à vous aussi. Beaucoup de bonheur.

— Et de baise ! Des heures de baise ! hurle Camille, hilare, en déboulant entre eux.

Anne les rejoint.

— D'ailleurs, Calamity Jane a eu une histoire avec Lucky Luke, si je ne m'abuse.

L'homme aux cheveux gris perd son sourire et s'éloigne vers d'autres passagers. Marie ne parvient pas à se retenir de rire. Décidément, cette année s'annonce étonnante.

Et elle est loin de s'imaginer à quel point.

12

— Julien m'a appelée.

Camille parle fort pour couvrir le bruit du vent sur le bateau qui les mène au lieu de plongée.

— C'est qui, Julien ? demande Marie.

— Mon collègue. Je crois qu'il me kiffe bien.

— Et toi, tu le kiffes ? interroge Anne.

— Eh ! Tu commences à parler djeun's ! Oui, il me plaît grave. C'est pour ça que j'ai préféré fuir pour me taper plein de mecs et être prête pour une vraie histoire.

Anne secoue la tête.

— Décidément, c'est trop compliqué pour moi… Et alors, il t'a dit quoi ?

— Ben, rien. J'étais sur le trône quand il a appelé. J'ai pas répondu. Il aurait pu entendre les plocs. Il a laissé un message pour que je le rappelle.

— Tu lui manques déjà. Il a loué un hélicoptère et compte venir te rejoindre pour te déclarer sa flamme, dit Marie.

— Faut que t'arrêtes les films à l'eau de rose, ça te fait du mal ! répond Camille en riant. Je pense qu'il veut juste me parler boulot. Je le rappellerai de retour au bateau.

— Parfait.

— En attendant, le prof de plongée a un joli petit cul, vous trouvez pas ?

La température a considérablement augmenté depuis le passage du tropique du Cancer. En arrivant à Sainte-Lucie après plusieurs jours de traversée, Marie n'avait qu'une envie : faire la planche dans l'eau turquoise, fouler le sable fin, sentir le soleil sur son corps, profiter de ces paysages paradisiaques qu'elle a tant admirés sur son écran. Une excursion proposait une séance de plongée au tuba, exactement ce qu'il lui fallait. Camille a immédiatement validé, Anne a été plus réticente. La promesse d'une séance de bronzette sur la plage après l'effort a balayé toute résistance.

Une fois sous l'eau, elle réalise pleinement ce qu'elle est en train de vivre. Son corps en apesanteur, enveloppé par l'eau chaude de la mer des Caraïbes et le silence, elle partage sa bulle avec des coraux et des centaines de poissons colorés. Elle nage dans l'un de ses DVD préférés.

À Paris, il neige. Si elle était restée, elle serait certainement en train de tricoter en préparant mentalement la liste des prochaines courses. Elle variait peu. Du beurre, des légumes de saison, de la viande persillée, parce que c'est la plus tendre, du camembert, des yaourts allégés pour son mari, du chocolat en poudre, le programme télé, celui avec les mots fléchés force 3, de l'eau gazeuse, des fleurs pour la table du salon, des boules Quies pour les ronflements de Rodolphe, du dentifrice pour gencives sensibles, un roman ou un DVD pour l'évasion. Le panier de la mémère de moins de cinquante ans.

Mais elle n'est pas à Paris. Elle est aux Antilles, en train de nager avec les poissons exotiques. Chaque nouvelle escale, elle a l'impression de n'avoir jamais rien vu d'aussi beau, jamais rien vécu d'aussi fort. Finalement, peut-être que la vie peut commencer à quarante ans.

Camille nage jusqu'à elle et lui touche le bras. Marie relève la tête et enlève le tuba de sa bouche.

— Oui ?

— Regarde là-bas, fait Camille en lui désignant une tête à quelques mètres de là.

Anne a enlevé son masque et l'a posé à plat sur l'eau. Elle peut ainsi observer les fonds marins sans immerger sa tête. Elles la rejoignent.

— Ça va ? lui demande Marie en riant.

— Bof… J'ai vu passer un gros machin sous mes pieds. Je suis à peu près sûre que c'était un requin blanc.

— À peu près sûre ? répète Camille.

— Oui, quasiment. Tenez, regardez, il repasse ! crie Anne en montrant une ombre sous l'eau.

Les trois femmes suivent la forme des yeux jusqu'à ce qu'elle émerge, quelques mètres plus loin.

— Dis donc, c'est ouf, dit Camille. Les requins blancs mettent des masques et des tubas maintenant !

Anne grommelle. Marie rit tellement qu'elle boit la tasse et manque de s'étouffer. Anne se moque à son tour. Le guide siffle, la séance de plongée est terminée.

En remontant dans le bateau, Marie s'enroule dans un drap de bain et s'assoit à côté de l'homme aux cheveux gris.

Elle l'aurait plutôt imaginé en train de visiter les pitons ou la forêt tropicale, avec un bermuda kaki, un sac à dos plein de vivres et un guide sous le bras, mais il a choisi la même excursion qu'elle. À nouveau. Encore extatique du moment qu'elle vient de vivre, elle tente un échange.

— C'était magique ! C'est génial de partager ces moments, pas vrai ?

— Non.

Cette fois, il n'a pas fui son regard. Le ton est brutal, le verdict, sans appel. Après leur rapprochement du réveillon, elle s'est dit qu'elle l'avait peut-être mal jugé. Mais non. Ce type est un con, elle n'y reviendra plus.

13

Heureusement que Julien ne la voit pas. Camille a les lèvres qui tremblent en cherchant le numéro dans son téléphone. Ce matin, elle a fait la maligne devant les copines, mais elle espère bien que son appel n'avait aucun rapport avec le travail.

Ça sonne.

Trois sonneries.

Quatre.

— Allô ?

— Julien, c'est Camille.

— Ah ! Camille, merci de m'avoir rappelé. Attends, je m'enferme dans le bureau, il y a des oreilles qui traînent ici.

Camille s'assoit en tailleur sur le lit et tire sur sa cigarette. Anne et Marie vont être hystériques quand elle leur dira qu'il lui a fait une déclaration. C'est forcément ce qu'il s'apprête à faire, sinon pourquoi s'isoler ?

— OK, c'est bon, reprend-il.

— Pas de souci, je t'écoute.

— Camille, c'est pas facile à dire. Ça fait un moment que je veux t'en parler, mais j'attendais d'être sûr de moi.

Son cœur court au galop.

— Je comprends. Mais tu peux tout me dire, je suis prête.

— Je suis désolé de t'appeler pendant ton congé, mais je crois qu'il faut régler ce problème au plus vite.

Ses lèvres ne tremblent plus du tout. Son cœur est au pas.

— Ce problème ?

— Camille, je sais tout.

— Tu sais tout quoi ? Qu'est-ce que tu racontes ?

— Pour M. Tissandier. T'as vraiment merdé.

— Mais quoi « M. Tissandier », putain ?

— Tu sais, c'est ton client. Tu lui as accordé un prêt conso il y a trois mois.

Camille sait qui est M. Tissandier. C'est un client d'une cinquantaine d'années qui est venu souscrire un emprunt une semaine où son conseiller habituel était absent. Elle n'avait pas de rendez-vous à ce moment-là ; elle s'en est occupée. Il avait besoin de vingt mille euros. Elle a constitué le dossier, vérifié les pièces, envoyé la demande d'autorisation.

Le jour de la signature définitive, M. Tissandier l'a appelée. Il venait d'être hospitalisé pour une appendicite et allait être opéré. Il ne pouvait pas venir. Elle a proposé de repousser le rendez-vous, mais il avait peur que ce soit trop tard, c'était urgent. Il lui a demandé de signer pour lui. Elle a refusé. Il a insisté. Elle a refusé à nouveau. C'était impossible. Il l'a suppliée. Sa femme était gravement malade, ses jours étaient comptés. Cet argent, c'était pour lui offrir un bijou qu'elle emporterait. Camille a soupiré. Il a pleuré. Elle a cédé.

— Il a envoyé un recommandé pour annoncer qu'il ne paierait plus ses mensualités vu qu'il n'avait pas signé, poursuit Julien.

— Quel connard !…

— C'est toi qui as fait la con, Camille. Tu le sais pourtant que c'est interdit ! Qu'est-ce qui t'a pris ?

— Bon, ne tourne pas autour du pot. Je suis virée et t'as été tiré au sort pour me l'annoncer. J'ai bon ?

Il soupire.

— Je n'en ai parlé à personne pour le moment. Je voulais d'abord te prévenir. Je suis obligé de montrer le courrier à Michel.

— Oui, donc, je suis virée. On le sait, toi et moi.

— Je suis désolé, Camille. Peut-être qu'il comprendra ?

— Mais bien sûr. Il peut pas me saquer, il passe son temps à dire que je suis trop brute de décoffrage, et tu crois qu'il va laisser passer l'occasion de me foutre dehors ? Allez, merci de ton appel, j'ai une soirée qui m'attend.

Camille se lève et jette son téléphone sur le lit. Comment elle a pu être aussi conne ? Elle a toujours été irréprochable, elle suivait les procédures à la lettre, ne se laissait ni attendrir ni impressionner. La seule chose que ses supérieurs trouvaient à critiquer, c'était sa façon de parler, qui détonnait avec la retenue habituellement affichée dans ce milieu.

Mais là, elle s'est laissé attendrir. Ses sentiments personnels l'ont aveuglée, elle n'a rien vu venir. M. Tissandier lui a rappelé son père. Elle le revoyait, démuni face à la maladie de sa femme. Il aurait été tout à fait capable de supplier le banquier de signer à sa place pour lui offrir un dernier cadeau.

Elle fait coulisser la porte de la salle d'eau et se rafraîchit le visage. À force de se faire avoir, elle va devenir une de ces personnes aigries et suspicieuses qui ont besoin de preuves avant de donner leur confiance, alors qu'elle est plutôt du genre à avoir besoin de preuves pour la retirer. Elle enroule ses cheveux noirs dans un *headband* et remet un peu de rouge à lèvres. Les copines l'attendent devant la porte ; elle s'apitoiera sur son sort plus tard.

— Alors, heureuse ? lui demande Marie en trépignant.

— Bof. Je crois que j'ai perdu mon job, répond-elle en fermant la porte de sa cabine.

— Comment ça ?

— J'ai fait une connerie, je vais être sanctionnée… Allez, c'est pas grave, je préfère penser à autre chose. On va boire un coup ?

Les trois femmes s'éloignent vers l'ascenseur. Dans leur dos, appuyé contre le mur, un grand blond d'une vingtaine d'années observe son téléphone. Il est satisfait : il a enfin eu ce qu'il voulait. Une photo nette et en gros plan.

14

Marie ne supporte plus sa voisine de cabine.

Pourtant, elles ne se sont jamais parlé.

C'est une Italienne d'une trentaine d'années. Pas très grande, des cheveux blonds et courts plaqués en arrière, un nez qui ne s'excuse pas d'être là et une bouche pincée comme si elle était toujours en train de sucer des citrons. Moyennement jolie, mais elle en impose. Elle aimante les regards. Et elle casse les oreilles.

Tous les matins, Marie a son petit rituel. À peine levée, elle se fait couler un chocolat chaud, enfile un short, un chapeau et des lunettes de soleil et s'installe sur le transat du balcon. Là, à travers la vitre, sans livre, sans musique, sans tricot, elle laisse divaguer ses pensées au fil de l'eau. C'est son moment privilégié de la journée, celui où elle se retrouve seule et où son cerveau est encore trop engourdi pour être parasité par des pensées désagréables. Mais depuis plusieurs jours, ce rituel est systématiquement gâché par l'Italienne, suivant un scénario immuable.

La scène débute fatalement quelques minutes après que Marie s'est installée. Si elle était parano, elle penserait que c'est fait exprès. La passagère et sa voix stridente déboulent sur le balcon voisin. Elle est visiblement au téléphone, et visiblement énervée. Marie ne comprend pas ce qu'elle dit, mais elle le dit fort. Trop fort. Sans parler des bruits de chaises qu'elle tire. On dirait qu'elle déménage. C'en est assez. Exceptionnellement, elle tolérerait cette pollution, mais il semble que ce soit devenu une habitude. Cette femme ne doit pas réaliser que sa voix porte tant. Il suffit de le lui signaler gentiment, et tout rentrera dans l'ordre.

Marie pose son mug par terre, se lève et se penche au-dessus de la balustrade, la tête chez sa voisine. L'Italienne gesticule dans une robe de chambre en satin, un téléphone à l'oreille. Elle sursaute en découvrant Marie.

— Pardon, je ne voulais pas vous faire peur. Je suis désolée de vous interrompre, mais est-ce que vous pourriez parler un peu moins fort, s'il vous plaît ?

— Pardon ? répond l'Italienne avec un léger accent.

Marie lui adresse un sourire poli.

— Pouvez-vous parler un peu moins fort, s'il vous plaît, je…

L'Italienne raccroche le téléphone brutalement et croise les bras.

— Et pourquoi ?

— Parce que j'aime prendre mon petit déjeuner dans le calme et…

— Et moi, j'aime qu'on ne vienne pas m'emmerder dans ma cabine !

Marie est sonnée. Elle retire sa tête et entre s'asseoir sur son lit. Décidément, les gens sont complètement tarés sur cette croisière. À croire qu'ils ne sont pas seuls pour rien. L'homme aux cheveux gris, maintenant l'Italienne… Les relations humaines semblent bien compliquées. Chez elle, elle n'avait pas ce genre de soucis. Enfermée entre les quatre haies de sa maison de banlieue, elle n'avait de contacts qu'avec le facteur (quand il y avait un recommandé), la caissière d'Intermarché, Marinette, la vendeuse de laine, et Mme Salim, la voisine d'en face. Finalement, ses relations les plus poussées, elle les entretenait avec Rachel et Ross, Bree van de Kamp et autres Meredith Grey. Avec eux, c'était bien plus facile.

Elle attrape ses aiguilles et une pelote de laine. Qu'est-ce qu'elle va tricoter aujourd'hui ? Quelque chose de pas trop facile, qui mobilise son cerveau. Il faut qu'elle se calme. Elle a envie de retourner sur le balcon pour suggérer à l'Italienne d'insérer son téléphone dans un endroit qui n'est habituellement pas réservé à ça. Un bonnet en maille bouclette, voilà. C'est moche, mais ça demande de la concentration. De toute manière, plus personne ne porte ses tricots.

Elle a monté ses premières mailles lorsqu'elle attendait les jumelles et ne s'est plus jamais arrêtée. Elles acceptent encore quelques bonnets ou écharpes, une veste à l'occasion, mais, la plupart du temps, elles n'en veulent pas. « Trop la honte. » Mais tricoter lui est vital. Enchaîner les rangs, voir le vêtement prendre forme, créer lui vide l'esprit et l'apaise. C'est sa thérapie. Alors, tous les jours, elle joue des aiguilles. Et, dès qu'il y en a assez, elle remplit un carton de tricots et l'apporte au foyer d'accueil de sa ville.

Le bonnet est presque terminé lorsqu'on tape à la porte de la cabine. C'est Arnold, le membre d'équipage qui l'avait accueillie lors de son arrivée.

— Bonjour, madame Deschamps, comment allez-vous ? demande-t-il avec son léger accent allemand.

— Bien, et vous ?

— Je distribue le courrier que nous avons récupéré hier à la Grenade. Il y a une lettre pour vous, dit-il en lui tendant une enveloppe.

Marie fronce les sourcils.

— Pour moi, vous êtes sûr ? À part mes filles, personne ne sait que je suis ici…

— C'est peut-être elles. Bonne journée, madame Deschamps !

Marie referme la porte et baisse les yeux sur l'enveloppe. L'adresse est écrite à la main. Ce ne sont pas ses filles. Elle connaît cette écriture par cœur. C'est celle de Rodolphe.

15

Marie rejoint ses amies à la piscine. Elle s'assoit au bord, les jambes à l'intérieur. Anne et Camille sont dans l'eau, accoudées au rebord.

— Mon mari m'a écrit, leur dit-elle à voix basse.

Camille se hisse hors de l'eau.

— Ah bon ? Il te dit quoi ?

— J'ai pas encore ouvert l'enveloppe. Je sais pas si je vais le faire. J'y ai bien réfléchi : ça ne peut être que négatif.

— Pourquoi ? demande Anne.

— Ben, y a deux possibilités. S'il est agressif, menaçant et insultant, ça va m'énerver. S'il est effondré, ça va me faire culpabiliser. Dans les deux cas, ma journée sera gâchée. Il fait super beau, je n'ai pas prévu de passer une mauvaise journée.

Anne nage jusqu'à l'échelle et les rejoint.

— Il veut peut-être te dire quelque chose d'important. Je ne sais pas comment tu fais pour ne pas déchirer l'enveloppe. Je crèverais d'impatience, à ta place.

Marie remue ses jambes dans l'eau.

— C'est que je le connais bien. Il a perdu du temps à me chercher… Ce n'est certainement pas pour être agréable. Et je me dis que, si c'était urgent, il aurait appelé l'accueil du paquebot.

— Ouais, mais, si t'ouvres pas, tu vas passer ton temps à te demander ce qu'il a pu écrire, dit Camille. Et ça aussi, ça va te gâcher la journée.

Marie se laisse glisser dans la piscine et plonge la tête sous l'eau. Camille a raison : cette lettre va l'obséder si elle ne la lit pas. D'ailleurs, elle ne pense qu'à ça depuis qu'Arnold la lui a donnée.

C'est sans doute ce qu'espérait Rodolphe en l'envoyant. Avoir encore une emprise sur elle, décider de ce qu'elle doit ressentir.

Elle vide tout l'air de ses poumons par son nez. Les bulles s'envolent vers la surface et disparaissent. Floutées par l'eau, les têtes d'Anne et Camille l'observent. Elle pousse le sol de ses pieds et remonte à la surface.

— Allez, je vais ouvrir cette foutue lettre.

16

Encore mouillée, une serviette nouée autour du buste, Marie regagne sa cabine. La lettre est posée sur le bureau. Elle glisse son doigt sous le rabat de l'enveloppe et la déchire. Une feuille blanche est pliée à l'intérieur, elle la sort et s'assoit sur le sofa. Allez.

Quand tu auras fini ta petite crise, il faudra qu'on discute.
En attendant, je cherche partout le dossier rouge dans lequel tu rangeais mes devis. Réponds-moi au plus vite pour me dire où il est.
Profite bien de mon argent sur ton bateau. Au retour, tu ne seras pas totalement dépaysée : tu vas ramer pour te faire pardonner.
Tu fais souffrir tes enfants. Ce n'est pas digne d'une mère.

Rodolphe

Marie lit plusieurs fois. Cette possibilité, elle ne l'avait pas envisagée. Rodolphe n'a pas compris que c'était terminé entre eux. Il pense que c'est une crise, un délire de femme, qu'elle va revenir en le suppliant de la reprendre. Elle l'imagine fanfaronner avec ses copains, à raconter comment il va lui faire payer ça, à rire grassement sur les cycles menstruels qui font faire de drôles de choses. Il lui est impensable d'être quitté. Pas lui. Pas par elle. Ça ne vaut pas la peine d'entrer dans son jeu ; ce serait donner trop d'importance à ce caprice ridicule.

Marie tourne la feuille, cherche le post-scriptum qui lui révélera que cette lettre est une farce, mais en vain. Il n'a vraiment pas compris.

Elle est abasourdie. Depuis son départ, elle le considère comme son ex. Les choses sont claires : ils sont séparés. Mais, pour l'être vraiment, il faut que les deux parties soient au courant.

Elle avait longuement réfléchi à la façon de le quitter. Elle savait qu'il lui faudrait frapper un grand coup pour qu'il la prenne au sérieux. Elle pensait que sa surprise d'anniversaire serait suffisante. Visiblement, elle ne l'était pas.

Les jambes figées, elle fouille dans son sac à la recherche d'un stylo, s'assoit, ouvre le carnet de notes sur le bureau et rédige sa réponse.

Mon cher Rodolphe,
Le dossier rouge est à sa place, dans le troisième tiroir du bureau.
Apparemment, tu as mal compris : mon départ est définitif, il ne s'agit pas d'un caprice. À mon retour, trouver un travail et un appartement sera la seule chose pour laquelle je ramerai.
Je te laisse, le jacuzzi m'attend. Au moins, tu ne pourras pas dire que ton argent a été gaspillé.

Marie

Elle se relit, songe à ajouter quelque chose, puis se ravise, pose le stylo et se lève. Maintenant, elle va pouvoir passer à autre chose. Il ne gâchera pas sa journée, finalement.

17

Marie se réveille en sursaut. Elle est en retard. Il est cinq heures du matin, pile l'heure à laquelle elle a rendez-vous avec Anne et Camille au café du pont F. Avec sa baie vitrée panoramique, il leur permettra de ne rien manquer de l'événement en grignotant des viennoiseries.

Le paquebot quitte l'Atlantique pour le Pacifique. Il est pris en charge par des bateaux-pilotes pour traverser le canal de Panamá. Les écluses sont à peine plus larges que le navire ; la manœuvre est millimétrée. C'est une première pour le *Felicità*. Les membres d'équipage et les passagers ne veulent pas louper le spectacle. Sur tous les ponts, à tous les balcons, ils se pressent, les yeux pleins de sommeil et d'étoiles, pour admirer la manœuvre.

Marie attache ses cheveux, enfile un jean et un sweat et quitte sa chambre d'un pas rapide. Devant l'ascenseur, l'homme aux cheveux gris attend. La perspective de se retrouver enfermée avec lui la réjouit autant que de manger un plat de choux de Bruxelles, mais elle est déjà en retard, et les escaliers sont loin. Elle se poste donc près de lui en silence. Sans un regard, il s'engouffre dans la cage vitrée dès que les portes s'ouvrent.

— Vous allez à quel étage ?

Marie ne répond pas et appuie sur le F. La promiscuité qu'imposent les ascenseurs l'a toujours mise mal à l'aise. Elle ne sait jamais comment se comporter, où poser les yeux. Regarder ses pieds donne un air timide, se scruter dans le miroir fait narcissique, inspecter son téléphone fait apparaître snob, fixer son codétenu est plutôt malpoli. Et puis, les ascenseurs véhiculent une notion de fantasme qui ajoute au malaise. Quand, en plus, on partage le trajet avec une personne qu'on n'apprécie pas, difficile de se détendre. Le regard rivé sur le hall d'entrée, elle compte les secondes jusqu'à la délivrance. Même si, il faut bien l'avouer, l'homme aux cheveux gris a une odeur agréable.

Pont B.

Il sent même très, très bon.

Pont C.

Du coin de l'œil, elle voit qu'il l'observe. Qu'est-ce qu'il lui veut ? Si ça se trouve, c'est un tueur en série, et elle va mourir ici, entre deux étages. Et tout le monde s'en fout.

Pont D.

Il se racle la gorge. Il a la voix grave, elle n'avait jamais remarqué. Comme sa bonne odeur.

Plus que quelques secondes.

86

Pont E.

— Vous m'en voulez ?

Elle sursaute.

— Quoi ?

— Vous m'en voulez ? répète-t-il.

— ...

— Je ne suis pas comme ça d'habitude... C'était volontaire.

— Quoi ? Mais vous êtes complètement taré ou quoi ?

— Je...

Pont F.

Les portes s'ouvrent, deux membres d'équipage font signe à Marie et l'homme aux cheveux gris de sortir avant de prendre leur place.

Elle hésite quelques secondes, le regarde, puis s'éloigne sans un mot.

Il est vraiment bizarre, ce type. Même s'il sent bon.

18

L'Italienne ne se contente plus de parler fort. Désormais, elle hurle.

Le rituel matinal de Marie intègre un nouveau paramètre : l'insertion de boules Quies dans les oreilles. Il est hors de question qu'elle abandonne son petit déjeuner sur le balcon, surtout pas maintenant.

Depuis que le paquebot navigue sur les eaux placides du Pacifique, chaque matin des dizaines de dauphins lui offrent un ballet qui la met en joie. Tous les passagers qui les voient sont excités. Elle, c'est plus que ça.

Son premier dauphin, c'est son père qui le lui a offert. Elle avait six ans. Une figurine pailletée qui changeait de couleur selon le temps. Sa collection a commencé ainsi. Pendant des années, elle a accumulé dans sa chambre d'enfant des dauphins dans tous leurs états : posters, boules à neige, porcelaines, peluches, cartes postales, bijoux et autres livres. Chaque anniversaire, chaque Noël, chaque fête, ses proches savaient quoi lui offrir : des dauphins. Sa collection s'est arrêtée à l'adolescence, lorsqu'elle a entamé celle de boutons sur le visage. Mais sa passion n'a jamais cessé. Dès qu'elle voit un dauphin dans un film ou un reportage, c'est la même émotion. Alors, aujourd'hui, en pensant à ce qu'elle s'apprête à vivre à Cabo San Lucas, elle a huit ans.

Anne ne les accompagne pas. Lorsqu'elles ont planifié leur sortie, elle a affirmé que ça ne lui disait rien, qu'elle préférait se balader aux alentours des quais et se reposer. Son comportement a brutalement changé il y a plusieurs jours. Avant, elle cherchait toujours la compagnie des autres, tout plutôt que de rester seule. Depuis peu, elle décline toutes les propositions. Le soir, elle est trop fatiguée pour aller au restaurant ; le jour, elle ne sort de sa cabine que pour se promener ou nager. Elle trouve toujours une bonne excuse pour ne pas les suivre aux excursions.

Dans le bateau qui les mène au parc aquatique, elle est au cœur de la conversation.

— Tu crois que c'est à cause de nous ? s'interroge Marie.

— Je vois pas pourquoi. On n'a rien fait de mal ! répond Camille.

— C'est peut-être un coup de déprime. Ça ne lui ressemble pas de vouloir rester seule…

— On la connaît pas vraiment, mais c'est vrai que c'est chelou. J'aimerais bien comprendre.

— Le truc, c'est qu'on ne peut pas la forcer à nous parler. Faut qu'on trouve quelque chose.

— Ouais. En attendant, on va nager avec les dauphins !

Il faut se mettre par deux pour entrer dans le bassin. Une trentaine de passagers ont choisi cette excursion ;

les paires se forment spontanément. À la fin, deux personnes isolées se retrouvent en duo contraint : l'homme aux cheveux gris et l'Italienne hystérique. Marie pouffe intérieurement. Le hasard est vraiment doué, mais elle n'a pas le temps d'approfondir. Camille et elle sont le premier binôme à aller dans l'eau.

Engoncée dans sa combinaison, elle entend sans les écouter les consignes des soigneurs mexicains. Un dauphin massif s'approche d'elle.

Elle enregistre chaque seconde dans son disque dur mental. Elle pose la main sur son bec, lui caresse le flanc. C'est doux. Il se laisse faire, immobile. On dirait qu'il sent combien c'est important. Pendant de longues minutes, plus rien ne compte. Rien que la plénitude du moment, cette rencontre qu'elle pensait ne jamais faire. Chaque jour un peu plus, elle se sent libre. Le soigneur l'aide à s'accrocher au dauphin. Blottie contre l'animal, elle se sent tractée vers l'avant, elle fend l'eau. C'est encore mieux que dans ses rêves de petite fille. Elle voudrait que chaque jour ressemble à celui-là.

Immergée dans l'eau jusqu'à la taille, Camille aussi apprécie ce moment. Elle touche le corps musclé, caresse la peau douce, ne lâche pas les yeux, sourit comme une gamine. Vraiment, le soigneur est à son goût.

Les dauphins font sauter la carapace de tous les participants. Assises sur les gradins, au soleil, les deux femmes observent le phénomène.

À tour de rôle, chacun retombe en enfance. La petite blonde qui occupe la cabine face à celle de Camille, habituellement timide au point de ne pas regarder les gens dans les yeux, pousse des petits cris de joie quand l'animal l'arrose. Le grand blond qui suit Camille partout hurle «Mamaaaan» en fendant l'eau à toute vitesse. L'Italienne a abandonné ses gestes brusques et caresse le dos du dauphin avec tendresse. Et l'homme aux cheveux gris sourit.

De retour sur le paquebot, Marie et Camille se dirigent directement vers la cabine d'Anne. Elles ont hâte de tout lui raconter.

Marie lui décrira sa rencontre avec son animal préféré. Elle lui parlera de la douceur de sa peau, de son regard complice, de son rire, des câlins qu'elle lui a faits. Elle lui dira qu'elle a senti comme un débordement de bonheur quand elle l'a serré dans ses bras. Elle lui montrera les photos qu'elle a achetées, même celle sur laquelle elle semble avoir une méduse sur la tête. Elle lui parlera de la petite fille qui collectionnait les dauphins, de tous les passagers qui ont retrouvé leurs dix ans, du sourire de l'homme aux cheveux gris.

Camille lui racontera sa rencontre avec Enrique en dévoilant son nouveau fond d'écran. Elle lui confiera qu'il lui a proposé une visite privée du centre aquatique et qu'elle a accepté. Elle lui décrira les bassins intérieurs, les coulisses, la salle du personnel, la table de conférences sur laquelle il l'a allongée, sa force lorsqu'il l'a soulevée dans ses bras, sa dextérité pour lui enlever sa combinaison, ses lèvres partout sur son corps, ses frissons, son désir, le corps musclé contre le sien, les va-et-vient qui l'ont fait crier.

Anne leur racontera sans doute sa promenade aux abords des quais, la carte postale qu'elle a envoyée, les gens qu'elle a rencontrés…

La pancarte accrochée à la poignée de la porte de la cabine de leur amie les stoppe net. Marie et Camille se regardent et haussent les épaules. Elle s'adresse sans doute aux autres. Pas à elles. Il n'y a aucune raison qu'elle ne veuille pas les voir. Alors elles frappent. Une fois. Deux fois. Trois fois.

C'est sans réponse et la tête pleine de questions qu'elles s'éloignent de la cabine 523. De l'autre côté de la porte, assise sur son lit, Anne essuie ses larmes.

19

C'est soirée de gala, comme lors de chaque événement marquant. Ce soir, on célèbre l'arrivée aux États-Unis le lendemain matin. La tenue de soirée est de rigueur. Aucun des vêtements pliés dans sa valise ne convenait à Marie.

Cet après-midi, elle a écumé les boutiques du paquebot à la recherche de la robe idéale. Elle l'a trouvée. Face au miroir, elle remonte la fermeture Éclair du long fourreau noir. Si Rodolphe la voyait, il emploierait sans doute un mot en «p» pour la qualifier. «Prostituée», «pitoyable», «poufiasse». Lui faire de l'ombre, c'est vulgaire. Juchée sur des escarpins dorés prêtés par Camille, elle se trouve pas mal du tout.

Camille est moulée dans une minirobe jaune. Elle l'a achetée juste avant son opération, comme une motivation. Pendant des mois, la robe est restée accrochée à la poignée de son placard. Camille la regardait, lui parlait parfois : «Bientôt, on sortira ensemble, je te le promets.» C'est la première fois qu'elle la porte, sur une gaine sculptante qui lisse les irrégularités récalcitrantes. Elle n'avait jamais trouvé un moment à la hauteur. Pour l'honorer, elle exagère son déhanché à chaque pas. Elle mérite au moins ça.

Anne a décliné. Elle n'a donné aucune explication. Les rares fois où elles l'ont croisée ces derniers jours, elle a bafouillé quelques mots avant de disparaître. Elles en ont souvent discuté, elles s'inquiètent, mais elles ne savent pas quoi faire pour l'aider.

Dans la salle de réception, smokings, robes de cocktail, nœuds papillons et chignons sont installés autour des tables rondes. Marie et Camille partagent la leur avec quatre personnes : trois femmes et un homme.

Angélique ne doit pas avoir plus de vingt ans. Marie la croise souvent, elle loge dans la cabine face à la sienne. Cachée derrière une longue frange blonde, elle a une voix fluette et détourne facilement le regard.

Quand Camille lui demande les raisons de sa présence sur cette croisière, elle pique un fard avant de répondre en grattant la nappe avec sa fourchette. Elle vient de terminer ses études de musicologie, et ses parents lui ont offert ce voyage pour la féliciter.

— Comme ça, j'aurai fait le tour du monde avant d'entrer dans la vie active. Je pourrai me concentrer sur ma carrière.

Marianne vient de souffler ses quatre-vingts bougies. Pour l'occasion, son mari et elle avaient prévu une croisière en amoureux, mais il lui a fait défaut.

— Mon Roger a cassé sa pipe le jour de la réservation, explique-t-elle en haussant les épaules.

Elle a pris la décision de ne plus jamais partir. Les voyages, c'était terminé. Partir seul, ça ne se fait pas, surtout pas quand on est une femme. Et puis sa voisine lui a apporté un prospectus qui vantait les mérites de la croisière «Tour du monde en solitaire». Elle était faite pour elle.

— C'est ce qu'aurait voulu mon Roger, c'est sûr.

Rose a un âge indéfini. D'après ses mains, elle a largement dépassé la soixantaine. D'après son visage, elle n'a pas atteint la majorité. Ses traits figés ne laissent passer aucune expression. Elle observe attentivement ses voisins, mais s'exprime peu. Et toujours pour se plaindre. La nourriture manque de sel, la table, de classe, le vin est trop froid, la musique, sauvage. De toute manière, l'ensemble de cette croisière la déçoit. Elle s'attendait à autre chose. Elle est frustrée de ne pas avoir le temps d'approfondir les visites de chaque pays. Les escales sont beaucoup trop superficielles. Les croisiéristes piochent quelques morceaux d'une ville et se targuent d'avoir visité un pays.

— En réalité, ça ne vaut guère mieux qu'un catalogue de vacances.

Le seul homme de la table domine cette pyramide des âges. À quatre-vingt-quatre ans, avec son smoking et ses cheveux coiffés en arrière, Georges en impose par sa prestance. Ses enfants lui ont offert ce voyage pour lui changer les idées après le décès de sa femme. Il mange en silence, répond poliment aux questions qui lui sont posées et regarde constamment sa montre. Il semble attendre que ce dîner se termine. Tout comme sa vie.

Un orchestre reprend des tubes américains pendant que des danseurs professionnels assurent le spectacle entre les tables. Ils entraînent des passagers dans la danse, certains acceptant de bonne grâce, d'autres se rasseyant aussi sec. Camille n'attend pas d'être invitée et rejoint les danseurs en chaloupant, sous les applaudissements de ses compagnons de table. Marie se contente de taper la mesure avec son pied. Elle est incapable de toucher ses orteils sans plier les jambes, elle préfère éviter de s'afficher à côté de ces élastiques vivants.

À quelques tables de là, l'homme aux cheveux gris semble plus absorbé par le contenu de son assiette que par le spectacle. À ses côtés, coiffée d'une tiare, l'Italienne ne manque pas une occasion de se pencher à son oreille ou de poser la main sur son avant-bras. Avec elle, il ne réagit pas. Même pas une petite insulte ou un coup de tête. C'en serait presque décevant.

Alors que Camille se déhanche avec un danseur baraqué, Marie fait la conversation à ses voisins de table.

— Alors, vous appréciez la croisière ?

— C'est merveilleux, répond Marianne avec engouement. Avec mon Roger, j'ai fait plusieurs croisières, mais celle-là est ma préférée. Faire le tour du monde était un vieux rêve, et le paquebot est somptueux !

Rose essuie son verre avec sa serviette en tordant la bouche.

— Somptueux, somptueux, il faut le dire vite. Il y a quand même beaucoup de choses à améliorer, à commencer par cette fichue climatisation qui fait circuler les microbes. J'ai mal à la gorge depuis une semaine.

— Moi, j'aime beaucoup, intervient doucement Angélique.

— Vous, vous êtes encore un bébé. Le seul bateau que vous devez connaître, c'est celui de Barbie !

— Je suis ravie de mon séjour, moi aussi, la coupe Marie. Je passe des moments fabuleux. Je ne trouve rien à redire.

— C'est un complot ! Décidément, les gens m'épateront toujours. La médiocrité leur plaît… Georges, vous avez l'air d'être un homme de goût, vous n'allez pas me contredire ?

Le vieil homme prend le temps de terminer sa bouchée et de prendre une gorgée de vin. Tous les yeux sont tournés vers lui.

— Effectivement, madame, fait-il en reposant son verre, j'ai tout au moins le bon goût de respecter les avis des autres sans chercher à les ridiculiser.

Rose blêmit, Angélique met les mains devant sa bouche pour étouffer un rire, Marie glousse. Georges devient instantanément le héros de Marianne.

Durant tout le reste du dîner, elle le couvre d'attentions : elle s'assure que son verre est toujours plein, ramasse sa serviette, lui pose des questions, chuchote à son oreille. Ces deux personnes qui cachent une longue vie sous leur tête blanche ont quelque chose de touchant. Marie ne peut s'empêcher de les observer. Et elle a la nette impression que le mutisme de Georges cède peu à peu face aux gestes de Marianne.

C'est ensemble que les deux octogénaires décident de quitter la table à la fin du repas pour une promenade digestive. Ils saluent les passagers qui ont partagé leur table, se lèvent lentement, et Marianne se baisse pour ramasser son sac au sol. Marie se penche pour l'aider.

C'est là qu'elle voit jaillir de son chandail un pendentif qu'elle reconnaît immédiatement. Un camée de ce genre, elle n'en a vu qu'une fois. C'était lors du vol pour Marseille. La personne à ses côtés le serrait dans sa main pour se rassurer. Marie se lève d'un bond, fait signe à Camille de la suivre et quitte la salle. Direction la cabine d'Anne.

20

Assises autour d'Anne sur son lit, Marie et Camille écoutent ses explications. Elle leur a ouvert la porte au bout de cinq minutes de tambourinage et a immédiatement compris qu'il ne servait à rien de continuer à leur mentir. Elle inspire profondément et raconte depuis le début.

Elle est assistante de direction pour une boutique de vente en ligne. Elle travaille au siège, dans un bureau qu'elle partage avec la comptable. Elle aime son travail, ses horaires modulables, ses collègues, mais son salaire ne lui permet aucune folie. Pour ça, il y avait Dominique. Lui, il a de confortables revenus. Juste au-dessous d'indécents. Ça n'a pas toujours été le cas. Les premières années de son entreprise d'export de vin, il ne se payait pas, et c'est elle qui subvenait à leurs besoins. Quand la situation s'est inversée, chacun a continué à verser ses revenus sur le compte commun, naturellement. Elle en avait tellement l'habitude qu'elle n'a pas imaginé que ça puisse changer avec leur rupture. Elle n'a même pas imaginé que cette rupture puisse être définitive…

Elle remonte la couette sur elle.

— Je suis allergique aux tâches administratives. Au bureau, je suis dans la paperasse toute la journée, je n'ai pas le choix. Mais chez moi, je ne veux plus en entendre parler. Alors, vous pensez bien que je ne mets jamais le nez dans les relevés de compte. C'est loin de mes préoccupations…

Lorsqu'elle a réservé la croisière, elle n'a pas réalisé que l'argent qu'elle était en train de dépenser n'était pas le sien. Elle a sorti sa carte Gold et tapé son code, voilà tout. Mais il y a quelques jours, un membre d'équipage est venu l'informer qu'il y avait un problème. Sur la croisière, pour chaque dépense, les passagers présentent leur carte *Felicità*. Les sommes sont directement débitées sur leur carte bancaire, une fois par semaine. Ainsi, l'argent ne circule pas, et les passagers n'ont pas l'impression de dépenser. La technique fonctionne. Anne dégainait sa carte comme si elle jouait au Monopoly.

Le problème, c'est que, d'un coup, les débits n'ont plus été acceptés. Elle devait prendre contact avec sa banque pour savoir ce qu'il en était. En attendant, plus aucune transaction ne serait validée sur la croisière.

Elle n'a pas appelé sa banque. Inutile, elle sait déjà ce qu'il en est. Dominique a certainement mis un terme au compte commun. Peut-être a-t-il voulu la punir, peut-être ne supportait-il plus de voir son nom accolé au sien, peu importe la raison, le résultat est là : il a bloqué sa carte. Elle se plaignait de ne pas avoir de réaction à son départ ? Voilà, elle en a une.

Camille se lève d'un bond.

— Quel con !

Anne secoue la tête.

— Non, il a raison. C'est à moi que j'en veux. Comment j'ai pu ne pas y penser ? Je dépensais sans compter de l'argent qui ne m'appartient plus. Je me sens honteuse !

— Ne t'inquiète pas, on va trouver une solution, dit Marie en lui caressant le bras.

— Justement, j'en ai trouvé une.

Elle s'est souvenue de cette vieille dame qui avait eu un coup de cœur pour son camée, un soir, sur le pont supérieur. Il lui rappelait celui qu'elle avait enfant. Anne connaissait la valeur de ce bijou. Il lui permettrait de terminer la croisière sereinement. Marianne a immédiatement accepté son prix. Ce soir, avant le dîner, elle est venue chercher le bijou et lui donner l'argent. Il lui reste maintenant à trouver un arrangement avec la direction de la croisière pour régler en espèces.

— Mais ça t'embête pas de ne plus avoir ton pendentif ? demande Marie.

— Si. C'est l'un des premiers cadeaux de Dominique. C'était un peu mon gri-gri. Mais je n'avais pas le choix.

— On aurait pu s'arranger, répond Camille. Au moins pour les repas !

Anne soupire.

— Je sais, mais je n'osais pas vous en parler. C'est difficile… Je tiens beaucoup à vous deux, mais ça ne fait même pas un mois qu'on se connaît !

— C'est normal, répond Marie. Mais on est là si tu as besoin. On s'est fait beaucoup de souci, tu sais. Allez, ça va aller maintenant !

— Le plus dur, ce n'est pas l'argent, finalement. C'est de réaliser que notre histoire est vraiment terminée. Je m'en doutais un peu, cela dit. Je lui ai déjà envoyé quatre cartes postales, et rien, pas un signe. Je vais continuer, je n'ai plus rien à perdre, mais je sais que je dois tourner la page.

Camille se rassoit.

— Il sait pas ce qu'il perd. Une femme capable de tourner de l'œil rien qu'en se tenant à cent mètres d'une falaise, ça court pas les rues.

Les trois femmes se mettent à rire.

— Heureusement que vous êtes là. Cette croisière aurait été bien triste sans vous…

En choisissant ce concept de croisière, Anne voulait apprendre à vivre seule. Mais elle n'est décidément pas faite pour ça. Elle ne l'a jamais fait. Elle avait vingt-trois ans lorsqu'elle a emménagé avec Dominique. Avant lui, elle avait quitté le foyer familial pour un garçon gentil, mais dont elle n'était pas amoureuse. Elle s'en est rendu compte en rencontrant Dominique au mariage de sa cousine. Ne plus jamais le quitter est devenu sa seule volonté. Et c'est ce qu'elle a fait pendant presque quarante ans. Pas une nuit sans ses pieds froids contre ses mollets, pas un matin sans ses ronflements dans son cou, pas une journée sans râler sur sa manie de laisser la lumière des toilettes allumée, pas un dîner sans piocher dans son assiette, pas une décision sans ses conseils, pas une matinée sans un petit mot. Sans lui, elle est bancale. Elle ne se sent pas capable d'avancer. Elle finira sans doute par trouver une autre béquille. L'idée la fait frémir, mais moins que celle de vivre seule.

Encore faudra-t-il qu'elle plaise à quelqu'un. À trente ans, le remplacer aurait été plus facile. Avec son nez grec et ses dents du bonheur, Anne ne s'est jamais sentie jolie. Cela ne l'a jamais empêchée de prendre soin d'elle. Sa salle de bains ressemble à une boutique de cosmétiques. Elle teste religieusement chaque nouveauté censée lui donner le teint de ses vingt ans et le corps de Sharon Stone. Malheureusement, les crèmes, si chères soient-elles, n'empêchent pas le temps de faire son œuvre. Aujourd'hui, en plus de moche, elle se sent vieille. Si elle n'était pas hypocondriaque, elle prendrait rendez-vous chez un chirurgien esthétique pour tirer tout ça. Il y a quelques années, elle a tenté les injections de Botox dans le front. Résultat : elle a fini aux urgences avec l'impression que son cerveau se paralysait. Plus jamais.

Camille saute sur ses pieds.

— Allez, venez, on va se baigner !

— Quoi ? Mais il est deux heures du matin, gémit Anne.

Marie se lève à son tour.

— Camille a raison : cette croisière, c'est une parenthèse. On ne doit pas penser à ce qui nous attend au retour. Faut qu'on profite !

— En plus, on doit commencer à apercevoir les lumières de Los Angeles. Ça va être canon !

D'un geste, Anne se débarrasse de la couette, découvrant ses jambes et un chien rose en peluche posé à ses côtés. Elle rougit.

— Je vous ai dit que je ne pouvais pas dormir seule. Je vous présente Doudou.

21

Marie fait couler l'eau de la douche pour qu'elle devienne chaude lorsque Anne et Camille frappent à la porte.

— T'es pas encore prête ? lance Camille en ricanant.

— Je me suis endormie sur le balcon. Je me dépêche !

Cette nuit, elle n'a dormi que trois heures. En s'installant sur le transat avec son mug de chocolat chaud entre les mains, elle sentait qu'il lui faudrait lutter pour rester éveillée. Elle a pu assister à l'entrée du paquebot dans le chenal de Los Angeles avant de perdre la bataille.

— On peut t'attendre ici ?

— Oui, oui. Faites-vous couler un café si vous voulez.

Anne prend dans ses mains le tricot posé sur le sofa.

— C'est toi qui fais ça ?

— Oui. Je vous ai déjà dit que je tricotais, non ?

— Si, mais tu ne nous avais pas dit que tu étais si douée ! C'est vraiment magnifique…

— Même moi, je kiffe, ajoute Camille. Pourtant, le tricot, c'est pas ma came. Mais ça, je le porterais sans souci.

Marie hausse les sourcils.

— Ah bon ? demande-t-elle. On ne m'a jamais dit ça !

— Tu n'as jamais songé à les vendre ? demande Anne.

— Non, je les donne à une association. Ça m'étonnerait que quelqu'un en veuille. Tout le monde peut tricoter.

— Allez, va te doucher, la coupe Camille. Tu vas avoir la mort de tous les ours blancs sur la conscience, à faire couler l'eau comme ça !

Marie, Anne et Camille voulaient visiter Los Angeles à leur rythme. Aucune excursion ne le permettait. C'est donc à bord d'un taxi jaune qu'elles découvrent la Cité des Anges. Rodney, leur chauffeur d'un jour, tient à ce qu'elles ne manquent rien et s'improvise guide touristique. La gigantesque autoroute à deux fois huit voies arrache des « Oh là là ! Oh là là ! » à une Anne tétanisée, Marie s'extasie en empruntant les rues parfaites de Beverly Hills, et Camille reste sans voix face aux buildings qui les dominent.

Au pied de la colline Hollywood, Rodney se transforme en photographe. Il fait un clin d'œil à Camille lorsqu'elle forme avec les doigts des oreilles de lapin derrière la tête d'Anne. À Malibu, elles se filment sur la plage en train de courir au ralenti, comme Pamela Anderson.

Sur le Walk of Fame, elles cherchent leurs étoiles préférées. Anne est aux portes de l'attaque cardiaque quand on lui apprend que Clint Eastwood n'a pas la sienne ; Marie se fait immortaliser devant celle de Robin Williams ; Camille se met à quatre pattes et embrasse celle de Johnny Depp.

L'air américain leur fait perdre vingt ans. Elles courent, elles rient, elles planent. Si elles se croisaient, elles ne se reconnaîtraient pas.

Le Hard Rock Café de Hollywood Boulevard est la dernière étape de cette première journée. Entre les murs couverts d'objets ayant appartenu aux plus grandes stars, les trois femmes attaquent leurs steaks avec appétit.

— Ça faisait longtemps que je n'avais pas passé une si bonne journée, articule Marie en mâchant. Je me suis éclatée !

— Je n'oublierai jamais ces moments, répond Anne. C'était formidable.

— Grave, c'était top. Je suis vraiment contente de vous avoir rencontrées ! lance Camille en se levant. Je vous abandonne une minute. Ma vessie va exploser.

Quelques instants plus tard, Marie et Anne assistent, médusées, à un spectacle typiquement hollywoodien. En revenant des toilettes, Camille et son slim en cuir sont alpagués par un homme dont elles ne voient pas le visage. Au vu de ses minauderies, il semble qu'elle ait trouvé sa conquête du jour. Lorsque le séducteur se retourne, Anne pouffe.

— Dis donc, il ressemble drôlement au type de la pub pour le café.

Marie lâche sa fourchette.

— Merde, c'est George Clooney.

— Non ? C'est lui ? Je le voyais plus beau.

— Camille est en train de se faire draguer par George Clooney ! Vite, il faut que je prenne une photo. Personne ne va me croire.

Camille non plus n'y croit pas. Elle espérait bien ajouter un obscur jeune premier à son tableau de chasse, mais George Clooney, jamais ! Pourtant, il est là, dans sa zone d'intimité, à lui susurrer des choses qui font chanter sa culotte. Il la trouve *gorgeous,* adore son accent *frenchy* et aimerait lui faire visiter Los Angeles *by night.* A priori, aucune caméra n'est cachée. Elle ne résiste pas longtemps. On ne laisse pas George Clooney dans un coin. Elle lui glisse quelques mots en riant, puis se dirige vers Marie et Anne en balançant les hanches. Elles se sont liquéfiées sur leurs sièges.

— Les filles, George propose de nous faire visiter Los Angeles. Ça vous dit ?

Anne se racle la gorge et affiche un sourire innocent.

— J'aurais accepté avec plaisir, mais Doudou m'attend.

— Monter dans une limousine aux côtés d'une star planétaire ne me tente absolument pas. Vas-y seule et rapporte-nous des photos explicites, ajoute Marie avec un clin d'œil.

Camille s'éloigne au bras de George, deux gardes du corps dans leur sillage. Marie fait un signe au serveur et commande une deuxième bouteille de vin.

— Je te préviens : si Brad Pitt entre, il est pour moi.

22

Marie et Anne attendent devant l'entrée des Studios Universal. La veille, après le départ de Camille, elles ont repris des forces avec une glace chocolat, Oreo, chantilly, diabète avant d'entreprendre de l'éliminer sur la piste de danse d'une boîte de nuit. Entourées d'apprentis comédiens à peine pubères et d'une musique assourdissante, elles ont d'abord songé à faire demi-tour. Elles ont finalement regagné leurs cabines à quatre heures du matin, les pieds engourdis et la tête vidée.

Une voiture noire s'arrête devant elles. Camille en sort, un large sourire aux lèvres, et se précipite vers les deux femmes.

— Alors ? la pressent-elles.

Camille fait un signe de la main à la voiture qui s'éloigne.

— Alors, il était pas mal… pour un sosie.

Marie écarquille les yeux, Anne pose une main sur sa bouche.

Elle a eu un premier doute au restaurant. Une star de cette envergure venant dîner tranquillement avec deux gardes du corps, ça semblait irréel. Mais le visage qui lui souriait était exactement celui qu'elle avait souvent vu sur son écran, rien ne clochait. Et puis on était à Los Angeles, tout était possible.

Le deuxième doute est apparu lorsqu'ils sont montés dans la voiture. Une berline noire classique, loin de la limousine ou du gros 4×4 qu'elle avait imaginés.

Le masque est tombé quand il a refermé la porte de son appartement et remplacé ses chaussures vernies par des pantoufles. Dans son trois pièces de South Central, George est devenu Pedro. Camille a failli déguerpir, mais Pedro s'est avéré drôle, intelligent et… très gay.

— On a passé la nuit à refaire le monde. Il doit venir à Bordeaux bientôt. On se verra.

Marie pleure de rire, Anne n'en est pas loin. Camille sort son téléphone et leur montre une photo.

— Moquez-vous, moquez-vous. Vous rirez moins quand je vous aurai raconté le moment où son pote Matt est passé boire un coup. Le sosie officiel de Ryan Gosling. Et lui, il était très hétéro…

Assise dans le petit train qui leur fait visiter le parc, Marie n'en perd pas un pixel. Les Studios Universal sont l'une des étapes qu'elle attendait le plus. Elle est en train de découvrir l'endroit où vivent quelques-uns de ses compagnons du quotidien. En s'engageant dans Wisteria Lane, elle enfile son costume de groupie.

— Oh ! c'est le jardin de Bree ! Han ! la maison de Susan ! Hiiiii ! la voiture de Lynette !

Ses deux amies la regardent en riant.

— T'as l'air d'apprécier la visite, lui dit Camille.

— J'adore ! Je regrette juste qu'il n'y ait pas d'attraction « Comédies romantiques ». J'aurais préféré ça à celle des *Dents de la mer*.

Les comédies romantiques, c'est ce qu'elle aime par-dessus tout, Marie. Les films pleins de guimauve, ceux qui collent aux dents, qui font renifler, ceux qu'on regarde avec un bonheur honteux et qu'on termine avec le sourire. Elle pourrait se nourrir aux comédies romantiques.

Dans un coffret, qu'elle appelle sa « boîte à guimauve », elle conserve précieusement ses DVD préférés. Chaque fois que son moral se fait la malle, c'est un réflexe : elle choisit l'un d'entre eux et, pendant deux heures, s'évade de son quotidien. *Love Actually*, *Titanic*, *Sur la route de Madison*, *The Notebook*, *Légendes d'automne*, *Pretty Woman*, *Le journal de Bridget Jones*, *Dirty Dancing*, *Will Hunting*, *Coup de foudre à Notting Hill*, *The Holiday*, *L'Arnacœur*, ce sont tous des antidépresseurs sans effets secondaires.

Il n'y a pas d'attraction « Comédies romantiques » aux Studios Universal, mais ce n'est pas grave. Elle s'est approchée de la maison de Mike Delfino et a reçu une bise de Shrek. Ça compense.

23

Le jacuzzi est étrangement désert en cette fin d'après-midi. Marie se prélasse dans les bulles chaudes, tête en arrière, yeux fermés, lorsqu'elle sent que quelqu'un s'assoit à ses côtés. Elle entrouvre paresseusement les yeux et se redresse brusquement en voyant l'homme aux cheveux gris qui la fixe, son visage à quelques centimètres du sien.

— Ça fait un moment que je veux vous parler, mais vous n'êtes jamais seule.

— …

— Je voudrais m'excuser.

Le débit est saccadé, les mots trébuchent les uns contre les autres. Assis, le dos droit, les mains sur ses genoux, il semble tendu.

— Je ne suis pas toujours comme ça, vous savez.

— Comme quoi ? demande Marie.

— Désagréable, grossier. Vous savez, quoi.

— Ah oui, je sais.

— Je suis même plutôt sympa d'habitude. Enfin, je crois.

— Ah !

Il joint les mains, comme pour se donner du courage.

— C'est que j'ai choisi cette croisière pour me retrouver seul. Je ne voulais pas me lier avec qui que ce soit.

Marie ricane.

— Fallait partir dans une grotte, pas sur un paquebot avec plus de mille personnes à bord.

— Je sais, c'est nul. Vous devez me prendre pour un fou.

— Un peu, j'avoue.

Il baisse la tête.

— J'ai perdu ma femme il y a quelques mois. Un cancer. Ça a été brutal.

Marie est assommée.

— Je… je suis désolée…

— Au début, j'ai tenu le choc. Mais, plus le temps passait, plus je devenais fou. Il fallait que je parte. Rester dans cette maison avec tous nos souvenirs me tuait.

— …

— Quand j'ai vu la pub pour la croisière réservée aux personnes qui voulaient être seules, j'ai pensé que c'était une bonne idée.

— Je comprends.

— Quand vous m'avez parlé, je me suis senti agressé dans ma bulle.

— C'est normal.

— Voilà, je voulais juste vous expliquer. C'était important pour moi.

— Je vous remercie, ça me touche, répond Marie doucement.

L'homme aux cheveux gris se lève, sort du jacuzzi et commence à s'éloigner avant de se retourner.

— Au fait, je m'appelle Loïc.

— Moi, c'est Marie.

Anne et Camille la rejoignent quelques secondes plus tard.

— Ça va, Marie ? demande Anne. T'as les yeux brillants.

— C'est rien, c'est l'eau chlorée.

Camille se marre.

— Ouais, ouais. Elle s'appellerait pas Loïc, ton eau chlorée ?

24

Marianne, la vieille dame au camée, ne savait pas à qui se confier. Et puis elle s'est souvenue que la petite Marie avait été si gentille avec elle, l'autre soir, au dîner. Depuis une demi-heure, elle est assise face à elle dans sa cabine.

— Je n'en reviens pas, dit-elle en secouant la tête. Je n'ai jamais été renvoyée de ma vie. Il aura fallu que j'attende d'avoir quatre-vingts ans pour en faire l'expérience...

— C'est pas possible ! fulmine Marie. Ils ne peuvent pas faire ça, c'est forcément illégal !

— Non. Ce qui l'est, c'est ce que nous avons fait. C'est dans le règlement que nous avons signé : pas de couple, sinon ouste !

Depuis leur rencontre lors du dîner de gala, Marianne et Georges ne se sont plus quittés. Ensemble, ils ont découvert Los Angeles et que l'amour pouvait frapper à tout âge.

— Nous en sommes les premiers surpris, chuchote-t-elle. Georges était inconsolable, moi, je ne pensais pas retrouver quelqu'un qui supporte mon caractère. Et pourtant, nous sommes déjà profondément amoureux. Tout est accéléré. À nos âges, nous ne pouvons plus perdre de temps.

— C'est tellement beau... On ne peut pas laisser faire ça. Vous avez quand même le droit d'éprouver des sentiments !

Marianne affiche un sourire espiègle.

— Tsss tsss... C'est que nous avons fait un peu plus que cela...

Marie fait mine de se boucher les oreilles.

— Je ne suis pas sûre de vouloir les détails.

— Enfin, Marie, pour qui me prenez-vous ! Nous avons échangé des baisers, rien de plus. Nous avons veillé à ce que personne ne nous voie, mais hier soir, sur le pont supérieur, nous avons peut-être manqué de retenue. Il se peut que quelqu'un nous ait surpris.

— Vous avez vu quelqu'un ?

— Non, mais nous avons entendu des pas s'éloigner rapidement.

— Et alors ? Vous avez été balancés ?

— Je ne fais que supposer. Peut-être y a-t-il des caméras qui nous ont filmés, je l'ignore. Tout ce que je sais, c'est que nous avions tous deux un message glissé sous notre porte ce matin.

Le directeur de croisière les a convoqués. Ils ont plaidé leur cause, promis d'être plus discrets à l'avenir. Georges avait la voix qui tremblait.

Mais le directeur a été intraitable. C'était le règlement. S'il passait l'éponge, le concept de la croisière «Tour du monde en solitaire» n'aurait plus aucun sens.

Marianne s'essuie les yeux.

— Nous serons débarqués à San Francisco, voilà.

— Hors de question. On va trouver une solution.

Marie est de ceux qui respectent les règles. Elle ne dépasse pas la vitesse limite autorisée, ne tond pas sa pelouse le dimanche, jette les emballages en carton dans la panière jaune et ne consomme jamais un produit après la date inscrite sur le paquet. Elle a peur de la loi et de ceux qui la font appliquer. Mais là, elle est persuadée qu'il s'agit d'une erreur. Ce règlement a certainement été écrit pour rassurer les clients potentiels qui auraient pu craindre que cette croisière soit un repaire de dragueurs. Qu'il soit interdit de harceler les passagers ou de s'accoupler sur les transats du pont supérieur, d'accord. Mais qu'un petit baiser entre deux personnes âgées soit puni, ça dépasse l'entendement. Le directeur a pris sa décision à chaud, il ne peut en être autrement. Il sera facile de le faire changer d'avis.

Le directeur de croisière est assis derrière son bureau lorsque Marie, Anne et Camille entrent dans la pièce. Âgé d'une cinquantaine d'années, l'homme ressemble à un bon copain. Des joues rondes comme s'il y avait caché des noix, un crâne dégarni et un regard doux, il inspire la sympathie. Il écoute les trois femmes en silence, attrape un caramel posé dans une boîte devant lui, le fourre dans sa bouche et inspire longuement.

— Le règlement, c'est le règlement. Je ne peux rien faire pour vous.

Anne devient écarlate.

— Mais vous ne pouvez pas débarquer deux personnes âgées à l'autre bout du monde, c'est complètement inconscient !

— Tout a été prévu, vous vous doutez bien, répond-il avec son fort accent anglais. Ils seront rapatriés en France par avion dès que possible, comme le stipule le règlement que vous avez certainement lu avant de signer.

— Monsieur, tente Marie avec douceur, vous ne pouvez pas être insensible à ce point. Ils n'ont pas voulu vous nuire, ni gêner les passagers. Ils ont juste échangé un petit baiser en pensant que personne ne les verrait.

— Malheureusement, une personne les a vus et en a été fort incommodée. Une personne dont l'avis compte beaucoup, puisqu'elle rédige des guides touristiques.

Camille applaudit.

— Ah voilà ! lance-t-elle. Belle mentalité. Vous préférez sacrifier deux petits vieux amoureux que votre réputation. Comptez sur moi, je vais vous en faire une belle, sur Internet.

Le directeur attrape un deuxième caramel.

— Si vous n'avez rien d'autre à me dire, j'ai du travail. Je dois organiser un rapatriement.

Les trois femmes sont dépitées en rejoignant Georges et Marianne au café du pont F. Leur tour du monde sera avorté demain, à San Francisco. Eux semblent moins affectés.

— D'accord, nous ne verrons pas Sydney, Phuket et Dubai, dit Marianne en remuant le sucre dans son café. Nous ne rapporterons pas de belles photos à accrocher aux murs. Mais ce n'est pas grave, parce que nous rentrons avec quelque chose de plus précieux.

— C'est vrai, confirme Georges. L'espoir d'une fin de vie plus heureuse, ça vaut tous les pays du monde.

25

En pleine nuit, Marie entend gratter à sa porte. Engourdie de sommeil, elle allume la lumière, enfile un tee-shirt long et se lève pour ouvrir. Loïc s'engouffre dans la cabine, referme la porte, se tourne vers elle et l'embrasse fougueusement.

— J'en avais envie depuis longtemps, souffle-t-il à son oreille.

Il la plaque contre le mur et fait descendre ses lèvres sur son cou tendu. Elle glisse les doigts dans ses cheveux et presse son visage contre elle. Sa bouche rejoint la sienne, leurs langues dansent, elle passe les mains sous son tee-shirt et le lui enlève d'un geste.

Elle sent les muscles de son dos se contracter sous ses doigts pendant qu'il attrape ses cuisses et les soulève. Elle enroule les jambes autour de ses hanches et gémit à chaque coup de bassin. Il respire fort dans son cou, elle se cambre. Qu'il enlève son jean, elle le veut, là, maintenant, tout de suite. Il défait sa ceinture, elle fait glisser son pantalon sur ses fesses…

Les coups de corne de brume la réveillent en sursaut. Le paquebot entre dans la baie de San Francisco sous un brouillard épais.

Plusieurs minutes lui sont nécessaires pour reprendre son souffle. Elle se lève et ouvre la baie vitrée. Ce n'est pas le premier rêve torride qu'elle fait, mais celui-là lui a semblé tellement réel qu'elle en a encore la chair de poule.

La vie sexuelle de Marie se résumait jusque-là à l'accomplissement de son devoir conjugal une fois par mois. C'était toujours un dimanche soir, pendant les pubs qui précédaient le JT. Elle serrait les dents tandis que Rodolphe s'agitait sur elle en pensant sans doute à une autre. Pour le plaisir, elle avait ses doigts. Lui, il lui octroyait le strict minimum. Elle n'avait connu personne d'autre, elle devait s'en contenter. Se contenter de son corps qui s'allongeait lourdement sur le sien, de ses va-et-vient convenus, de son râle et de son rictus qui signifiaient qu'il allait bientôt lui faire une bise sur le front, se lever et sortir de la chambre, la queue entre les jambes. L'intimité les éloignait.

Elle ne l'a jamais trompé. Elle n'y a même jamais songé. Il lui arrivait en revanche de faire des rêves érotiques dont il lui restait quelques bribes au réveil. Le héros en était rarement Rodolphe, quelquefois des acteurs de série, souvent des hommes sans identité ni visage. Cette nuit, son partenaire avait un visage et un prénom.

N'importe quoi. Elle va vite oublier ces images ridicules. Et arrêter le vin.

San Francisco est comme sur les DVD : une population chaleureuse et cosmopolite, et une architecture

126

qui détonne avec les habituels buildings des grandes villes américaines.

Marie, Anne et Camille choisissent le Cable Car pour découvrir les maisons victoriennes, les rues en pente, les collines et les boutiques du centre-ville. Elles sont séduites, la ville mérite son surnom : *Everybody's Favorite City.*

En fin de journée, le brouillard s'est dispersé. Elles vont enfin pouvoir aller admirer le mythique Golden Gate Bridge.

Anne se tient les tempes.

— Les filles, je vais vous abandonner pour ce soir. J'ai un mal de tête atroce. Je préfère aller me reposer pour être en forme demain.

— T'es sûre que ça va aller ? demande Marie. Tu ne nous caches rien cette fois ?

— Oui, oui, ne vous inquiétez pas, répond-elle en riant. Juste une petite migraine. J'ai besoin de calme. Vu qu'on reste ici deux jours, j'en verrai plus demain.

— Ah merde ! j'avais prévu de vous lâcher aussi, dit Camille, mais je veux pas te laisser seule, Marie. J'ai entendu parler d'un bar où on trouve les plus beaux mecs de la ville. Tu viens avec moi ?

— Non, vas-y seule. J'ai plutôt envie d'un bon resto pour découvrir les spécialités locales.

— Ça fait longtemps qu'on n'a pas passé une soirée les unes sans les autres. Vous allez me manquer, bordel !

Après avoir raccompagné Anne et écouté ses recommandations (« Seule, la nuit, dans une ville inconnue,

ce n'est pas prudent»), fait les mêmes recommandations à Camille, enfilé une veste et des chaussures un
peu plus habillées, Marie se rend à l'accueil du paquebot. Arnold est de service.

— Bonsoir, madame, puis-je vous aider ? demande-
t-il avec son inaltérable sourire.

— Bonsoir, Arnold, vous auriez un restaurant à me
conseiller ? J'ai fait une liste, mais je sais pas lequel
choisir.

— Tout à fait, vous pouvez aller au…

— Il paraît que le Gary Danko vaut le détour, intervient la voix de Loïc derrière elle. J'y vais justement.
Ça vous dit ?

Arnold hoche la tête.

— Je confirme, il est réputé. Et puis, c'est plus sage
de ne pas traîner seule la nuit.

Marie hésite quelques secondes.

— OK, dit-elle, je viens avec vous. Mais c'est juste
pour rassurer Arnold.

26

Le Gary Danko est un restaurant gastronomique qui attire les gourmets du monde entier. Lorsque le taxi s'arrête devant, Marie et Loïc comprennent qu'il sera impossible d'y dîner : la file d'attente s'étire sans fin. D'un commun accord, ils décident de se rabattre sur un burger frites à la Wayfare Tavern.

À peine installée, Marie descend un Coca.

— Je mourais de soif. On n'a pas arrêté de la journée !

Loïc la regarde en souriant. Il a une fossette sur la joue droite. Elle n'avait jamais remarqué.

— Comment tu connais ces endroits ? T'es déjà venu ? demande-t-elle.

— Jamais. À part l'Espagne quand j'étais gosse, et Londres, je n'avais jamais quitté la France. Mais je suis un passionné de cuisine.

— C'est marrant, je n'avais jamais voyagé non plus. Et, donc, pourquoi un tour du monde ? Pourquoi cette croisière ?

— La croisière, c'est parce que j'avais besoin de me retrouver seul. Le tour du monde, c'est parce que j'ai toujours voulu voyager, mais je ne pouvais pas.

Nolwenn, sa femme, souffrait d'anxiété. Elle avait peur des gens, peur de s'éloigner de ses repères, peur d'elle-même, peur d'avoir peur. Elle n'était à peu près sereine que dans son périmètre familier : leur maison, leur quartier, exceptionnellement le reste de la ville. Prendre le train lui était difficile, l'avion, impensable. Elle avait tout essayé pour surmonter ses phobies : sophrologie, yoga, thérapie, hypnose, acupuncture, médicaments… mais elles étaient plus tenaces qu'elle.

Puisque ses peurs ne pouvaient s'adapter à la vie, ils avaient adapté leur vie à ses peurs. Toutes leurs activités avaient lieu près de chez eux. Quand ce n'était pas possible, Loïc s'y rendait seul. Ça ne le dérangeait pas, il n'avait pas l'impression de se sacrifier, mais lorsqu'elle est décédée, sa première envie a été de partir loin. Loin de l'oreiller qui portait son odeur, loin de ses chaussures dans l'entrée, loin des tableaux qu'elle avait choisis, loin des proches qui ne le regardaient plus de la même façon.

Il a essayé de tenir le coup, pour les enfants. Ils venaient de perdre leur mère. Être abandonnés par leur père serait trop brutal. Mais ses parents l'ont convaincu que ce qui l'était vraiment, c'était de le voir s'enfoncer inexorablement dans la dépression. Alors, il les leur a confiés, a obtenu de son patron l'autorisation de travailler à distance pendant trois mois et fait ses valises.

— J'ai failli changer d'avis mille fois. Mais je crois que j'ai bien fait.

Marie n'a pas touché à son plat et l'observe en silence. Il fait une grimace.

— Pardon, je t'ai soûlée.

— Mais non, pas du tout ! répond-elle en secouant la tête.

— Je ne raconte pas ma vie comme ça, d'habitude. Je sais pas ce qui me prend, je suis désolé.

— Mais non, je t'assure ! J'étais absorbée par ton histoire. Si tu m'avais soûlée, j'en serais au dessert.

— Bon, tu me rassures. Allez, à toi. Qu'est-ce que tu fais là ?

Marie raconte les grandes lignes de son histoire. Son mariage, ses enfants, l'usure, l'ennui, sa décision, jusqu'à la surprise pour les quarante ans de Rodolphe. À son tour, Loïc écoute, puis se met à rire.

— On pourrait en faire un film. J'adore !

— Je te jure que j'ai hésité jusqu'au dernier moment. La veille encore, je ne pensais pas avoir le courage de partir. Et puis il a reçu un SMS qui m'a convaincue…

— Et tes filles, elles l'ont pris comment ?

— En fait, ce sont elles qui m'ont ouvert les yeux. Alors, elles m'ont soutenue. Elles sont grandes, elles ne vivent plus à la maison. Et les tiens, ils ont quel âge ?

— Awen a douze ans, et Maïna, quinze. Ils m'épatent par leur force. J'essaie de leur apprendre à aller au bout de leurs rêves.

Marie sourit.

— On dirait du Goldman !

— J'ai pas fait exprès, mais ça ne m'étonne pas. Je suis son premier fan.

— Ah non, impossible. Sa première fan, c'est moi !

Loïc lève le menton.

— Il ne me manque pas un seul disque ; difficile à battre.

Marie plonge la main dans son sac et met son lecteur MP3 sous les yeux de Loïc.

— J'ai toute sa discographie sur moi. Alors, qu'est-ce qu'on dit ? C'est qui la première fan ?

— OK, je m'incline. Je suis le deuxième alors.

Loïc gémit en mordant dans son burger. Il a un peu refroidi, mais n'a rien perdu de sa saveur. Le fromage dégouline, les oignons croustillent, le pain brioché est un régal. Marie croque dans une frite.

— Alors, comme ça, t'es passionné de cuisine ?

— Ouais, j'en ai même fait mon métier. Je suis journaliste culinaire pour le journal *Ouest-France*.

— Waouh ! Ça consiste en quoi ? Tu écris des recettes ?

— Rarement. Je suis meilleur mangeur que cuisinier. Je rédige plutôt des critiques de restaurants, des interviews ou des enquêtes. Putain, ces frites sont une tuerie !

— J'en ai rarement mangé de si bonnes. Ça a l'air top, ton boulot !

— Je ne me plains pas. Surtout quand je peux bosser depuis un balcon sur le Pacifique. Merci, Internet !

Marie s'interrompt brusquement.

— Oh ! mais… tu me donnes une idée !

— Je t'écoute, répond-il, intrigué.

Loïc raccompagne Marie à sa cabine. Elle avait oublié à quel point c'était bon de rencontrer de nouvelles personnes. Cette croisière le lui rappelle. Anne, Camille, Loïc… Elle découvre leur histoire et leur confie la sienne. La page est vierge, ils ne savent rien les uns des autres. Il n'y a pas de préjugés, pas d'image qui colle à la peau, pas de casserole. Ce soir, deux personnes ont passé des heures à se raconter leur vie, à échanger, sans arrière-pensées et sans a priori. Juste une rencontre. Et c'était bien.

Elle place la carte *Felicità* devant le lecteur de sa cabine et se tourne vers lui.

— Alors on se rejoint demain matin à huit heures dans le hall, d'accord ?

— J'y serai !

— Merci beaucoup, c'est très gentil à toi.

— Ça me fait plaisir. Merci pour cette soirée. C'était très agréable.

— Moi aussi, j'ai…

Marie est coupée au milieu de sa phrase. Sa chère voisine ouvre sa porte et attrape Loïc par le bras, sans un regard pour elle.

— Ah ! Loïc ! Il me semblait bien avoir entendu ta voix. Tu venais me voir, je suppose. Viens, entre, ne reste pas dans le couloir.

Il n'a pas le temps d'émettre le moindre son qu'il est entraîné dans la cabine de l'Italienne. Marie s'enferme dans la sienne, étonnée qu'un homme si charmant soit ami avec cette harpie. Étonnée, pour ne pas dire irritée.

27

Il est huit heures quatre. Anne tourne en rond au milieu du hall.

— Je suis sûre qu'il ne viendra pas. Je ne le sens pas, je ne l'ai jamais senti. Son vrai visage, c'est le premier qu'il a montré, dans le bus.

Camille ricane.

— Fais gaffe, tu commences à mettre tous les mecs dans le même panier.

— Il me l'a promis, il va arriver, dit Marie. Enfin, j'espère. Hier, il avait l'air partant, en tout cas.

— Le voilà ! dit Camille en désignant l'ascenseur.

Loïc les rejoint. Il porte les mêmes vêtements que la veille, note Marie. Il les salue d'un signe de la main, sans un sourire. Camille s'impatiente.

— Bon, on y va ? Faut que j'aille pioncer sur la plage après. J'ai eu une nuit fatigante.

Le directeur de croisière, assis derrière son bureau, observe l'entrée de l'escadron sans sourciller. Il sait pourquoi ils sont là. Machinalement, il attrape un caramel et le fourre dans sa bouche. Marie choisit son sourire le plus convaincant et prend la parole.

— Bonjour, monsieur le directeur. Excusez-nous de vous déranger encore, mais on aimerait vous reparler du cas des deux personnes âgées exclues de la croisière.

— Très bien, répond-il calmement. Que voulez-vous me dire de plus ?

— Avez-vous étudié notre demande ?

L'homme caresse une barbe invisible et inspire bruyamment.

— Oui, j'ai réfléchi. C'est très triste pour ces deux personnes, mais il en va de notre réputation. Je ne changerai pas d'avis. De toute manière, les deux passagers concernés doivent être à l'aéroport : leur avion décolle dans deux heures. C'est trop tard. Fin de la discussion.

Marie fait un signe de tête à Loïc, qui s'approche du bureau et y dépose une feuille de papier.

— On ne voulait pas en arriver là, mais vous ne nous laissez pas le choix.

Le directeur lit ce qui est écrit sur la feuille et la froisse brusquement.

— Qu'est-ce que c'est que ce torchon ?

Loïc lui tend sa carte de presse.

— C'est l'article qui paraîtra dès demain dans le journal *Ouest-France* si vous ne revenez pas sur votre décision.

Camille rit fort.

— Aux chiottes, la réputation !

Le directeur enlève le caramel de sa bouche et le remet dans son papier.

— C'est de la diffamation.

— Un simple exposé des faits, répond Loïc calmement. Je sais que vous avez mis en place un plan média colossal pour le lancement de cette croisière. Ce serait dommage de tout gâcher.

Anne croise les bras.

— Allons, ne soyez pas têtu. Vous êtes un brave homme, ça se voit…

Il se lève d'un bond.

— Sortez !

— Vous ne voulez pas céder ? demande Marie.

— Je vais voir ce que je peux faire. Sortez, je vous ai dit.

À peine la porte du bureau refermée, les trois femmes laissent éclater leur joie.

— Comment t'as assuré ! lance Camille à Loïc. Il avait les fesses qui faisaient bravo, le directeur.

— Merci beaucoup, ajoute Anne.

— Georges et Marianne vont être tellement heureux. Merci, Loïc !

— Ça va, ça ne m'a pas pris longtemps, répond-il en baissant la tête. Je dois y aller. Bonne journée !

Il s'éloigne vers la sortie du paquebot. Marie le regarde partir. Anne et Camille regardent Marie qui le regarde partir et se sourient.

Après une seconde journée à découvrir Frisco, les trois femmes regagnent, enchantées, le paquebot.

— J'ai a-do-ré ! dit Marie. C'est vraiment une ville sympa…

— Grave, y a un paquet de beaux gosses au kilomètre carré, répond Camille. Eh ! Regardez qui est là !

Dans le hall, le directeur de croisière est en pleine conversation avec Marianne et Georges. Il affiche un large sourire et hoche la tête avec vigueur. Les amies attendent qu'il s'éloigne pour rejoindre le couple.

— Oh, j'espérais vous voir! s'écrie Marianne en les embrassant. Merci, merci beaucoup!

Georges leur serre la main.

— Je ne sais pas ce que vous avez fait, mais cela a fonctionné. Merci infiniment!

Marie leur raconte. Marianne et Georges n'en reviennent pas.

— Vous l'avez menacé?

— Obligé, dit Camille. Il voulait pas lâcher, le bougre.

Marianne rit.

— Ce n'est pas du tout ce qu'il nous a raconté! Il a plutôt prétexté une erreur d'un membre d'équipage qui aurait mal évalué la situation…

— C'est faux, il était intraitable! s'insurge Anne. Heureusement que Marie avait un journaliste dans la manche…

— Elle aurait bien aimé l'avoir ailleurs, le journaliste, ricane Camille.

— Vous le remercierez de notre part, dit Georges. Sans lui, on serait dans un vol pour la France. C'est formidable, ce qu'il a fait.

Marie sourit. C'est vrai, c'est formidable. Dire que c'est la même personne qui l'irritait tant il y a quelques jours à peine… Comment faisait-elle quand sa vie était sans surprise?

28

Un mois que le paquebot a quitté Marseille. Pour l'occasion, et comme la température se radoucit encore à l'approche d'Hawaï, un bal est organisé sur le pont supérieur. Les lampions sont accrochés, les tables de rafraîchissements, dressées, l'estrade, prête à accueillir l'orchestre. Ce soir, les passagers danseront sous les étoiles.

Marie dépose sur son lit une robe à fleurs avant de se glisser sous le pommeau de douche. Dans deux mois, la parenthèse sera terminée. Elle rentrera chez elle. Enfin, «chez elle», façon de parler. Elle récupérera quelques affaires dans son ancien foyer et ira s'installer à l'hôtel, le temps de trouver un nouveau logement.

Un appartement à elle. Elle le décorera comme elle aime, avec plein de couleurs et de lumières, ce que Rodolphe lui interdisait parce que ça faisait «pédé». Elle se nourrira de chocolat chaud et de brioche si elle veut. Elle sera maîtresse de la télécommande. Elle pissera la porte ouverte. Elle dansera sur *Elle a fait un bébé toute seule*. Elle dormira en travers du lit et portera des culottes en coton. Elle chantera avec Bridget. Elle fera la vaisselle quand elle veut. Son appart, ses règles, sa vie.

Elle n'envisage pas de vivre grâce à l'argent que Rodolphe lui a versé pendant des années. Il faudra vite qu'elle trouve un travail, n'importe lequel. Après des études avortées et une carrière de femme au foyer, le choix sera limité. Mais, comme elle est ultra-douée en organisation, d'une patience infinie et experte ès récurage de toilettes, ça laisse pas mal de perspectives.

Quel que soit le poste, quelle que soit la taille de l'appartement, quelles que soient les difficultés, ça ne lui fait pas peur. Ça ne pourra pas être pire que de se sentir transparente, inutile et méprisée par l'homme qu'on a choisi pour traverser la vie avec soi.

Anne enfile sa jupe longue. La coupe est parfaite, pas trop serrée à la taille, pas trop ample au niveau des cuisses. Elle l'a achetée en quatre couleurs différentes. Chez elle, l'armoire est remplie de vêtements identiques, sauf en ce qui concerne la couleur. Chez elle…

Plus que deux mois et elle retrouvera son appartement vide. Si ça se trouve, même son chat préférera rester chez la voisine plutôt que de rentrer avec elle. Elle défera ses valises, rangera ses affaires dans les placards et ses espoirs à la poubelle, et la vie reprendra son cours. Imperceptiblement différente. Comme avant, elle se réveillera aux chants enregistrés des oiseaux, se douchera, enfilera la tenue préparée la veille, avalera un thé, passera sept heures au bureau, une dans les transports, s'arrêtera à la boulangerie, montera les trois étages qui mènent à son appartement et préparera le dîner. Le statut change, mais le quotidien poursuit sa route.

Il lui reste deux mois pour se mentir, croire que c'est encore possible, continuer à envoyer ses cartes postales en attendant une réaction. Ensuite, elle aura tout le temps d'ouvrir les yeux.

Camille enfile ses sandales compensées. Déjà un mois… Quand elle est partie, elle avait un boulot, un mec dans le viseur et un avenir tout tracé : elle ferait carrière dans la banque et l'amour avec Julien.

Désormais, rien n'est moins sûr. À son retour, elle trouvera sans doute un recommandé dans sa boîte, lui annonçant qu'elle va grossir les rangs des demandeurs d'emploi, et elle dira adieu à Julien.

Elle n'en montre rien, mais ça l'affecte. Pas pour son travail, car elle se demandait régulièrement ce qu'elle foutait, dans ce bureau, face à un client qui ne savait pas quoi faire de son pognon ou à des courbes d'objectifs à atteindre. Elle s'est engagée dans des études bancaires pour faire plaisir à son père, mais, ce qu'elle aime vraiment, c'est le dessin. Elle aurait adoré faire les beaux-arts. Peut-être qu'il n'est pas trop tard pour se réorienter. Non, son regret, c'est Julien. En six mois, elle a eu le temps d'imaginer pas mal de choses avec lui, et un arrêt brutal de leur relation n'en faisait pas partie. Finalement, elle a sans doute organisé ce tour du monde relationnel pour rien puisqu'il semble peu probable qu'ils se mettent en couple à son retour.

La vie est vraiment cruelle. Camille va devoir embrasser des dieux vivants, se retrouver dans les bras de purs canons, tâter de l'abdo, palper du bras musclé, tout ça inutilement. Heureusement que renoncer avant la fin n'est pas dans sa nature. Et qu'elle a le sens du sacrifice.

Alors qu'elles regagnent leurs cabines après une soirée de danse et de bulles, Camille attrape ses deux amies par la taille.

— On fête notre premier mois ensemble, les meufs !

— C'est vrai…, répond Anne. Je suis peut-être un peu émotive en ce moment, mais je voulais vous dire que je vous apprécie beaucoup – pardon –, que *je vous kiffe* !

— Arrêtez, vous allez me faire chialer, dit Marie. Vous comptez beaucoup pour moi aussi.

Le rire des trois femmes résonne dans le couloir. Celui de Camille s'arrête net lorsqu'elle arrive devant sa cabine. Du bout des doigts, elle pousse sa porte, qui s'ouvre lentement.

L'intérieur de la pièce n'a pas bougé. Mais elle est sûre d'elle, elle vérifie toujours : la porte était bien fermée quand elle est partie. Il n'y a pas mille solutions : quelqu'un a visité sa cabine.

29

— Je tiens absolument à faire cette excursion !
insiste Anne.

Marie la regarde d'un air perplexe.

— Anne, tu as conscience que tu seras enfermée
sous l'eau ?

— Bien sûr, c'est le principe d'un sous-marin !
Honolulu est réputé pour ses fonds ; je ne veux pas
manquer ça. Je suis sûre que ça va aller.

— OK, alors, on vient avec toi ! conclut Camille.

Le bus est quasiment vide, la plupart des passagers
ayant vraisemblablement préféré le plein air. Troisième rang, côté couloir, jambes tendues, sac sur le
siège voisin, Loïc est plongé dans un guide touristique. Pendant qu'Anne et Camille se dirigent vers
la banquette du fond, Marie se poste devant lui et
se racle la gorge. L'ours n'a pas perdu les réflexes et
lève la tête vers l'importun avec un air revêche. En la
voyant, il esquisse un sourire, plie les jambes et prend
son sac sur ses genoux. Ils ne se sont pas revus depuis
la scène dans le bureau du directeur.

Marie s'assoit et entame la conversation.

— Alors, toi aussi tu veux te prendre pour le capitaine Nemo ?

— Eh oui ! répond-il avant de replonger dans son livre jusqu'à la fin du trajet.

Ce type a vraiment un comportement étrange.

L'*Atlantis* est le plus grand sous-marin civil au monde. Assis sur des sièges en plastique, les passagers écoutent le guide pendant la descente.

À trente mètres de fond, l'engin se stabilise et entame sa promenade au ras du sable. À travers les hublots, le spectacle est stupéfiant. Au·milieu des coraux et des épaves englouties évoluent poissons colorés et tortues hawaïennes.

— C'est merveilleux, chuchote Marie. Je n'ai jamais rien vu d'aussi apaisant.

— Pareil, murmure Camille. Je pourrais rester là des heures… T'en penses quoi, Anne ?

— …

— Anne ?

— Anne se demande ce qu'elle fait là, répond-elle en respirant lentement. Je compte les secondes. Plus que trois mille deux cent cinquante avant de retrouver la surface.

Trois mille deux cent cinquante secondes plus tard, la porte étanche s'ouvre, et Anne se précipite dehors.

— Plus jamais ! Je ne vois pas comment j'ai pu croire que je pourrais aimer ça.

Camille rit.

— Tu t'en es bien tirée. T'es même pas tombée dans les pommes. Tu peux être fière de toi !

— T'as réussi à apprécier un peu, quand même ?
demande Marie.

— Oui. J'ai apprécié la sortie.

Sur le bateau qui les ramène à Waikiki Beach, Marie
est assise face à Loïc. Il a les yeux fermés et le visage
tourné vers le soleil. Juste à côté de lui, le guide français
ne la quitte pas des yeux. Tellement qu'elle en est gênée.
Il y a longtemps qu'un homme ne l'a pas observée
comme ça. Elle détourne le regard et le pose au loin,
sur la plage qui se rapproche. Un groupe de personnes
vêtues de blanc sont rassemblées autour d'un couple
et d'une arche fleurie. Un mariage. Elle secoue la tête.

Quand elle était enfant, elle se demandait pourquoi
les adultes disaient «les pauvres» chaque fois qu'ils
entendaient les klaxons d'un convoi de mariage.
Elle, elle trouvait ça plutôt chouette, tout ce bruyant
bonheur. Aujourd'hui, elle réalise avec tristesse que
la première pensée qui lui vient à la vue des jeunes
mariées, c'est «les pauvres».

Elle a longtemps été convaincue de la solidité de ce
pacte : depuis l'époque où elle célébrait les noces de
Barbie et Ken. Le divorce de ses parents, lorsqu'elle
avait douze ans, a encore accru son envie de réussir son mariage. À l'adolescence, quand ses copines
tapissaient leurs murs de posters de chanteurs à voix
cassée, elle recouvrait les siens de robes de mariée
découpées dans des magazines. Son mariage, elle
l'imaginait comme dans les dessins animés : avec une
robe de princesse, des paillettes dans les yeux et une
demande un genou à terre.

Quand elle est tombée enceinte, Rodolphe lui a
dit que ce serait bien qu'ils se marient ; elle n'avait

qu'à s'occuper des formalités. Elle venait d'avoir sa demande, entre le fromage et le dessert.

Ça a quand même été une belle journée. Elle épousait celui qu'elle aimait, il épousait celle qui l'aimait. Il y avait tous leurs proches. Elle a réussi l'exploit de faire cohabiter ses deux parents dans la même pièce toute une journée, sans incident majeur. Elle portait une robe de grossesse bleue et un voile dans les cheveux. Les jeunes mariés se sont promis de rester liés jusqu'à ce que la mort les sépare. Elle a essayé de s'y tenir, jusqu'à ce qu'elle réalise qu'elle attendait cela avec impatience.

Ce serait bien qu'il arrête de la fixer, maintenant.

À Honolulu, Marie et Anne arpentent les rues à la recherche de la carte postale idéale, pendant que Camille est partie mater les surfeurs.

Dans une petite boutique de souvenirs, Anne trouve son bonheur : la photo représente un couple qui saute devant un coucher de soleil. En sortant, les deux femmes tombent sur le guide français, qui semble les attendre.

Il s'avance vers Marie.

— Marie, c'est bien ça ?

— Oui, c'est ça, bredouille-t-elle.

Il passe la main dans ses cheveux.

— Ça vous dirait de dîner avec moi ce soir ? Je crois savoir que vous restez à quai jusqu'à demain.

— C'est très aimable à vous, mais j'ai quelque chose de prévu avec mes amies ce soir. Au revoir, répond-elle en s'éloignant.

Anne la retient.

— Mais pas du tout, nous n'avons rien prévu ! Elle peut tout à fait venir dîner avec vous.

Malgré un coup de pied dans le mollet, Anne organise la soirée avec le guide sans que Marie puisse rien y changer.

— Il est très beau garçon. Ça te fera le plus grand bien, décrète Anne alors qu'elles s'éloignent.

— Tu sais bien que je ne veux plus d'homme dans ma vie ! Je m'en fous, je vais lui poser un lapin.

— Taratata, tu vas y aller ! C'est justement quand on n'en veut plus que l'amour nous tombe dessus. Au pire, ça te changera les idées, et tu verras qu'ils ne sont pas tous aussi mauvais que ton Rodolphe. Je suis sûre que tu me remercieras un jour.

Marie souffle.

— OK, j'y vais. Mais je te préviens : je me vengerai.

30

Michaël gare sa voiture non loin du paquebot. Il descend et fait le tour pour ouvrir la portière de Marie. Elle est déjà dehors. Chaque seconde de moins à ses côtés est une seconde de gagnée.

Ce soir, Marie a été séduite par le loco moco, nettement moins par son partenaire.

Michaël est guide depuis son arrivée à Hawaï, il y a deux ans. Il est divorcé, père d'un garçon de dix ans qui vit avec sa mère, ses parents sont profs à Marseille, son frère est marié à une femme plus vieille que lui qui tient une auto-école, il aime les sports de glisse, le foot, la science-fiction, manger du pain français, Beyoncé, surtout quand elle met son body noir, « hein qu'elle est gaulée dans son body noir ? », la bière bien fraîche, les brosses à dents souples, il n'aime pas le soda, fumer, sauf en soirée, les filles trop maigres, les trop grosses non plus, « comme Beyoncé, c'est bien », son voisin qui se gare toujours devant son portail, les féministes, les requins, il a fait des études de langues, « mais des vraies, hein ! », vit dans une maison sympa sauf qu'il manque la clim, vient d'adopter un chiot, mais ne sait pas s'il va le garder parce qu'il pisse partout, a acheté un pantalon qui s'est déchiré au bout d'une semaine, dort la fenêtre ouverte. Si elle l'avait souhaité, Marie aurait pu connaître l'état de son transit, mais elle a prétexté une migraine pour rejoindre sa cabine.

Il approche son visage du sien et essaie de l'embrasser. Elle l'esquive doucement.

— Merci pour la soirée, Michaël. Bonne nuit ! dit-elle en s'éloignant vers le paquebot.

Il la rattrape et l'enserre dans ses bras. Elle le repousse.

— Allez, un petit bisou pour terminer la soirée, insiste-t-il.

— Non, je ne veux pas vous embrasser. Lâchez-moi, répond-elle en haussant le ton.

Il la serre plus fort. Elle ne peut plus bouger.

— Si je voulais vraiment, t'aurais pas le choix.

Il la repousse violemment et refait le tour de la voiture dans l'autre sens avant d'ouvrir sa portière.

— Heureusement que tu ne me plais pas. Espèce d'allumeuse, va !

Dans l'ascenseur, Marie s'effondre. Elle avait envie de l'insulter, de le mordre, de lui cracher au visage, de lui faire payer son abus de supériorité physique. Mais rien n'est sorti. Elle est restée impassible. Les habitudes sont longues à perdre.

Face au miroir, elle se fait pitié. Son mascara coule le long de ses joues, son nez fuit, son menton tremble. Elle essuie son visage avec sa manche lorsque les portes s'ouvrent. Loïc et l'Italienne la fixent. Elle baisse la tête et sort de l'ascenseur en faisant mine de chercher quelque chose dans son sac.

— Ah ! ça tombe bien, je voulais vous voir ! lance l'Italienne.

Deux paires de pieds se postent devant Marie. Elle lève la tête.

— Marie, tout va bien ? demande Loïc.

— Oui, oui, ça va, répond-elle sèchement avant de se tourner vers sa voisine. Vous voulez quoi ?

L'Italienne affiche un sourire mielleux.

— Je voulais vous parler de ma réaction l'autre matin. Je suis un peu stressée par mon travail – les stagiaires, c'est une vraie plaie –, et vous m'avez surprise…

— OK, pas de souci. C'est tout ?

— Vous comprenez, j'aurais pu être toute nue ou dans une position délicate avec un homme, poursuit-elle en riant fort. Je ne suis pas habituée à ce qu'on m'espionne.

— Je ne vous espionnais pas, la coupe Marie.

— *Ma si,* vous m'espionniez. En tout cas, en Italie, on appelle ça comme ça. Enfin, l'erreur est humaine…

Marie lui fait face.

— C'est vous qui faites erreur. Je ne vous espionnais pas, je demandais poliment un peu de tranquillité. Mais peut-être que crier au téléphone sans se soucier de ses voisins se fait en Italie ?

— Allez, on y va, dit Loïc en tirant l'Italienne par le bras.

Elle s'esclaffe.

— Tant pis pour vous, j'étais prête à accepter vos excuses. À demain matin, alors !

— C'est ça. À demain matin, Monica Bellucci.

31

La prochaine étape a lieu dans trois jours. Les passagers profitent de ces journées de navigation pour se reposer et vivre au ralenti. Tout est mis à leur disposition pour que les contraintes du quotidien n'existent pas : blanchisserie, livraison de plats en cabine, personnel de ménage. Ça laisse beaucoup de temps pour ne rien faire. Allongées sur des transats au bord de la piscine extérieure, Marie, Anne et Camille alternent discussions, siestes et lecture.

— J'ai appelé Dominique, dit Anne en tournant nonchalamment une page.

Marie et Camille se redressent d'un coup.

— Hein ?

— Oui, j'ai craqué. Hier soir.

— Et alors ? Raconte ! Tu joues avec nos nerfs !

— Je venais d'avoir ma voisine au téléphone, celle qui s'occupe du chat. Tigrou va très bien, il a trouvé ses repères chez elle. À part quelques cacas sur le tapis de l'entrée, il se comporte bien.

Camille soupire.

— C'est pas qu'on s'en foute, hein, mais on peut abréger la partie « transit du chat » pour se concentrer sur le principal ?

— D'accord, reprend Anne. Ma voisine relève le courrier une fois par semaine. Hier, dans le tas de lettres, il y en avait une pour Dominique.

— Le prétexte idéal ! répond Marie.

— Voilà. Même si j'aurais préféré tenir le coup… Bref, quand j'ai lancé l'appel, j'ai cru que j'allais mourir de peur. Je n'ai jamais autant tremblé de ma…

— Je suis un peu dans le même état, là, la coupe Marie. La suite !

— Je n'ai pas masqué mon numéro. Comme ça, je lui laissais le choix. Il pouvait ne pas répondre.

— Et ?

— Et il n'a pas répondu.

— Ah ! merde, dit Camille.

— Comme tu dis. Je lui ai laissé un message pour lui dire qu'il avait une lettre et qu'il pouvait me rappeler s'il le voulait.

— Alors ? demande Marie.

— Alors, il n'a pas rappelé.

Camille lui caresse le dos.

— Ça va aller ?

— Oui, oui, il faut juste que j'arrive à tourner la page. Mais elle est lourde, ça prend du temps. Bon, on va se baigner ?

Alors qu'elles se dirigent toutes les trois vers la piscine, Camille ajoute :

— Faut voir le point positif : t'as vraiment un don pour faire monter le suspense quand tu racontes des histoires. Tu devrais envoyer ton CV à Steven Spielberg.

Chacune a son rituel en regagnant sa cabine. Ce soir, après avoir fait les bouchons dans la piscine et les lézards sur les transats durant une partie de la journée, elles ne dérogent pas à la règle.

Marie enlève ses chaussures et s'installe dans le sofa, un chocolat chaud à portée de main. Là, Jean-Jacques Goldman dans les oreilles, face à la baie vitrée grande ouverte, elle monte les mailles et enchaîne les rangs en rêvassant à son avenir.

Camille s'assoit sur son lit, ouvre son ordinateur portable et raconte sa journée sur son blog, ouvert le jour du départ. Avec humour et détails, elle narre son périple amoureux à des lecteurs chaque jour plus nombreux. Selon son outil statistique, ils sont désormais cinquante mille à attendre le billet quotidien de cette anonyme qui crée le buzz.

Anne pose ses affaires sur le lit et se précipite sur son téléphone, posé sur la table de chevet. Elle prend une grande inspiration avant d'appuyer sur le bouton et guette l'icône qui lui indiquera qu'il a cherché à la joindre. Chaque fois, elle est déçue. Mais ce soir, un message vocal l'attend.

L'espoir ne dure pas longtemps : ce n'est pas la voix de Dominique. Mais le message lui dessine un sourire sur les lèvres. Elle appuie sur 2 pour l'enregistrer, glisse son téléphone dans sa poche et quitte sa cabine à la hâte.

Marie essaie de décrypter les paroles incohérentes qui s'échappent de la bouche d'Anne.

— Comment ça, «mes tricots cartonnent»?

— Pardon, je suis tellement excitée que ça part dans tous les sens!

Anne ne lui a rien dit pour ne pas lui donner de faux espoirs, mais, l'autre matin, pendant que Marie était sous la douche, elle a photographié ses tricots.

— Mais pourquoi t'as fait ça?

— Parce que je m'y connais un peu et je sens le potentiel. Je ne suis jamais entrée dans les détails, mais la boutique de vente en ligne pour laquelle je travaille est spécialisée dans le «fait maison». On ne propose que des créations originales de grande qualité, et ça marche très fort. Des bijoux, de la déco, des vêtements... C'est tendance, les gens en raffolent.

Anne a envoyé les photos à sa patronne, qui a adoré. Les tricots sont à la mode. Toutes les grandes marques proposent les leurs. Alors, elle a fait un test. Elle a posté l'une des photos sur la page Facebook de la boutique. Des dizaines de commentaires ont été envoyés dans la foulée. Les gens voulaient savoir où ils pouvaient acheter cette merveille. Il y avait rarement eu un tel engouement.

— T'es sérieuse ? demande Marie.

— Très. Et ce n'est pas tout. Mais le reste, c'est ma patronne qui va te le dire. Tiens, voilà, tu n'as qu'à lancer l'appel, dit-elle en lui tendant son téléphone.

Marie n'a pas le temps de réfléchir que l'appel est parti. Au bout de trois sonneries, une voix rauque répond.

— Bonjour, c'est Marie. Je vous appelle de la part d'Anne.

— Ah ! Marie, j'attendais votre appel.

33

Marie serait presque inquiète. Ce matin, aucun éclat de voix ne vient troubler son petit déjeuner. Le regard rivé sur les dauphins qui jouent avec l'écume, elle se repasse mentalement la conversation avec Muriel. La patronne d'Anne était à la limite de l'hystérie.

Elle a eu un coup de cœur pour le tricot de la photo. Elle en est persuadée, c'est totalement dans l'air du temps, et la qualité a l'air excellente. Il manque juste une petite originalité, une marque de fabrique, pour que les pièces s'arrachent.

Elle lui a demandé de lui envoyer un colis avec plusieurs modèles et de réfléchir à une idée pour les personnaliser. Si elles se mettent d'accord, Marie pourra avoir sa vitrine VIP avec une mise en avant sur les réseaux sociaux, les newsletters et les catalogues. En contrepartie, elle reversera un pourcentage de ses ventes à la boutique.

Marie a calculé. Elle tricote vite, la matière première n'est pas très chère, elle connaît à peu près les tarifs des tricots… Il est possible d'en tirer un vrai revenu.

Vivre de sa passion, c'est un rêve qu'elle ne s'autorise pas encore. D'abord, il faut qu'elle trouve une originalité. Et, pour ça, elle est bien moins douée.

Elle y réfléchit encore en rejoignant Anne et Camille pour déjeuner au snack.

Dans la file d'attente, Camille lève les yeux au ciel.

— Putain, il est encore là.

— Qui ? demande Marie.

— Milou. J'en peux plus, il faut que je sache ce qu'il me veut.

« Milou » est le surnom qu'elle a donné au grand blond qui la suit partout. Comme si elle était son Tintin. Où qu'elle aille, sur le paquebot ou en excursion, il n'est jamais loin.

Au départ, elle a mis ça sur le compte du hasard. Mais il détourne le regard chaque fois qu'elle se tourne dans sa direction. Il ne pourrait pas être moins discret.

Là, il se trouve quelques mètres plus loin, en train de scruter le règlement intérieur accroché au mur. Marie et Anne ont bien une petite idée pour expliquer son comportement : la beauté de Camille peut provoquer de graves désordres psychologiques, mais il faudrait en avoir le cœur net.

— Vu qu'il fait tout comme moi, je vais aller me faire épiler le maillot. On va se marrer, dit Camille. J'en ai bien besoin en plus : je commence à avoir le persil qui dépasse du cabas.

Le piège est tendu une heure plus tard. Les trois femmes se baladent nonchalamment sur le pont E. Milou les suit à bonne distance. Après une courbe, elles s'engouffrent dans un renfoncement et attendent qu'il passe devant elles. Alors, Camille lui saute dessus, le tire par le bras et le plaque contre le mur. Il est tétanisé.

— Qu'est-ce que tu me veux ?

— Doucement, intervient Marie. Ce n'est pas un assassin.

— Pardon, bafouille-t-il, je ne comprends pas pourquoi vous faites ça.

Camille le relâche et recule d'un pas.

— Tu me suis partout depuis des semaines. Qu'est-ce que tu me veux, putain ?

Le menton du grand blond se met à trembler. Anne pose la main sur le bras de Camille.

— Tu lui fais peur, le pauvre. Tu vois bien qu'il ne te veut aucun mal.

— D'accord, répond-elle d'une voix adoucie. Mais je voudrais savoir pourquoi il me suit.

— Peut-être juste parce qu'il te trouve jolie, dit Marie.

— Oui, c'est ça, murmure le jeune homme en baissant les yeux. Je vous trouve belle. J'aime bien vous regarder.

Camille se détend.

— D'accord. C'est très mignon, mais tu peux pas continuer à me suivre partout comme ça, j'en peux plus. J'ai l'impression d'être espionnée en permanence, tu comprends ?

— Oui. Je ne vous suivrai plus, je vous jure. Je ne voulais pas vous embêter…

— Tu as quel âge ? demande Anne.

— J'ai vingt ans.

— Tu devrais essayer de trouver une jeune fille de ton âge. Il y en a quelques-unes sur la croisière, poursuit-elle. Tiens, la petite blonde en face de ta cabine, Marie… Elle a son âge à peu près ?

— Angélique ? répond Marie. Ils se connaissent déjà. Ils ont nagé avec les dauphins ensemble. Mais je vous rappelle que les couples sont interdits sur cette croisière. On sait ce que ça donne.

Camille hausse les épaules.

— Ouais, ben, si ça peut me libérer, je veux bien jouer les Cupidon.

— Je peux y aller ? demande Milou.

Les trois femmes s'écartent pour le laisser partir. Il renifle, remet son polo en place et s'éloigne sur le pont. Une fois hors de portée des regards, il attrape son téléphone dans sa poche, lance un appel et sourit en le portant à son oreille.

— Ouais, c'est moi. Tu vas jamais croire ce qu'elle m'a fait.

34

Il n'y aura pas d'excursion à Pago Pago. La grippe s'est invitée à bord du paquebot. Anne et Camille ont trouvé la force de se traîner dans la cabine de Marie pour partager microbes et médicaments.

Allongées sur le lit, enfouies sous la couette jusqu'au menton, un stock de Kleenex à portée de main, elles fixent la télé de leurs yeux larmoyants. Quelques minutes plus tôt, Marie a sorti de la table de chevet sa «boîte à guimauve», et *Love Actually* a été élu meilleur compagnon de chambre à l'unanimité.

— Je n'aime pas être malade, dit Anne en reniflant. Camille rit.

— Ah bon? Moi, j'adore ça. C'est ma passion dans la vie!

— Non, mais je n'aime vraiment pas ça, insiste Anne.

D'aussi loin qu'elle s'en souvienne, elle a toujours été hypocondriaque. L'infirmière du collège la recevait régulièrement et passait des heures à tenter de la rassurer. Non, elle ne pouvait pas s'éteindre comme un appareil ménager trop usé. Oui, c'était normal qu'elle sente son cœur battre sous ses doigts en appuyant sur ses tempes. Ça ne s'est pas arrangé en vieillissant, au contraire. Chaque jour la rapproche de celui où elle apprendra que sa vie va prendre fin. Chaque minute, l'usure attaque un peu plus son corps. Elle l'écoute avec attention et relève la moindre anomalie. Elle a déjà subi une dizaine de ruptures d'anévrisme, quelques crises cardiaques, trois scléroses en plaques, d'innombrables cancers et des tas de dernières heures. Son sac à main est une trousse à pharmacie, et le numéro de son médecin est le premier dans la liste des favoris.

Lorsque le docteur de la croisière a diagnostiqué une grippe, comme à de nombreux passagers, elle aurait dû être rassurée : ce n'était rien de grave. Au lieu de ça, elle a imaginé les gros titres. *Erreur de diagnostic : la passagère de la croisière décède dans d'atroces souffrances.*

Elle tire un nouveau Kleenex de la boîte et se mouche.

— Vous avez quoi, exactement, comme symptômes ?

— Froid, chaud, mal partout, la gorge en feu et le nez pris, répond Marie.

— Ah oui, c'est pareil alors. Bon, je suppose que c'est bien une grippe…

— Mais oui, c'est une grippe ! Ne t'inquiète pas : tu vas vivre encore un peu !

Quand elle était petite, Marie aimait être malade. Elle manquait l'école, et, ses parents étant au travail, sa grand-mère venait la garder. Elle chérissait ces moments. Allongée sur le canapé, recouverte d'une couette, elle pouvait regarder des dessins animés toute la journée.

Sa grand-mère lui gratouillait la tête avec ses ongles longs et lui préparait à la demande son inimitable chocolat chaud, des crêpes, des gâteaux. Elle lui racontait des histoires de royaumes lointains et de princesses et, lorsque les yeux de la petite Marie se fermaient, elle sortait ses aiguilles et ses pelotes et accompagnait ses siestes de cliquetis réconfortants. Et puis mamie est morte, l'enfance aussi, et être malade s'est transformé en calvaire. Gastroentérite, grossesse pathologique, grippe, pneumonie, rien ne devait empêcher Rodolphe d'avoir son dîner à l'heure. En revanche, lui, quand il avait un rhume, il comptait sur sa femme pour lui faire la toilette, même intime. D'un coup, le sexe fort prenait une autre signification.

Camille tousse.

— On pourrait quand même essayer de visiter un peu ? Ça a l'air super beau, c'est dommage de louper ça…

La maladie, Camille la connaît bien et elle ne compte pas se laisser amoindrir. Elle ne fait pas le poids, mais elle ne se rendra pas sans lutter.

La maladie lui a pris sa mère. Elle s'est logée dans son sein, qui l'avait autrefois nourrie avec amour, a répandu son venin, lui a fait croire qu'elle pouvait combattre, qu'elle l'avait vaincue, s'est faite discrète quelque temps, puis est revenue plus forte pour assener le coup de grâce. Camille lui tenait encore la main quand elle est devenue froide. La maladie et elle, c'est devenu personnel.

Elle ne fait aucune confiance aux médecins qui pensent la maîtriser. La maladie dit où, la maladie dit qui, la maladie dit quand, la maladie dit comment.

Si elle a accepté de prendre le traitement donné par le médecin de la croisière, c'est uniquement pour se rétablir plus vite et reprendre sa chasse. Ce sera le meilleur moyen de ne plus penser à tout ça.

— Au fait, demande Anne, t'as réfléchi à une idée originale pour les tricots ?

— Oui, mais rien ne vient. J'ai pensé à des mots décalés à broder dessus, mais il y en a déjà beaucoup qui le font. Vous n'auriez pas une idée, vous ?

Camille s'assoit.

— Et des visuels ? Genre on propose une liste de motifs aux clients et ils choisissent ce qu'ils veulent sur leur tricot.

— Ah oui, des tricots personnalisés à la demande, ça peut être pas mal ! répond Marie. Mais quel genre de visuels ?

— Oh ! ça, c'est pas compliqué. On peut faire plein de trucs : des animaux, des fleurs, des motifs actuels… Tu te sens capable de reproduire des visuels avec de la laine ?

Marie se redresse à son tour.

— Bien sûr.

Camille se lève, titube jusqu'au bureau, attrape le carnet et le stylo et revient sous la couette. Puis elle se met à griffonner.

Sous la mine apparaissent un chat, un cœur, un hibou, une moustache, des chevrons, des flocons, tous avec ce style graphique et enfantin qui lui est propre.

— Bon, là, c'est vite fait, mais on peut faire des trucs comme ça. T'en penses quoi ?

— Je suis fan ! s'écrie Marie. J'aurais dû y penser, c'était tellement évident que tes dessins seraient

166

parfaits. Je vois bien un bonnet avec la moustache, ou un pull avec le hibou ! T'es géniale, Camille !

Anne les observe en souriant.

— Je valide… Je crois même que je serai la première cliente. Je commanderai une veste avec des ailes dans le dos. Ça m'ira bien, pas vrai ?

Il ne reste plus qu'à convaincre Muriel. Les trois femmes passent encore quelque temps à imaginer les tricots que Marie pourrait lui envoyer pour test, puis Anne et Camille regagnent leurs cabines respectives en geignant.

Le sommeil ne vient pas. Marie tourne et vire dans le lit, repousse la couette, la remonte, tousse, masse ses tempes, se mouche, essaie de faire le vide dans son esprit. En vain. Trop de pensées l'encombrent.

Il est plus de minuit lorsqu'elle se lève et ouvre la baie vitrée. Sur le balcon, l'air et le clapotis l'apaisent instantanément. La pleine lune et les étoiles se reflètent dans l'océan ; on croirait qu'une ville sous-marine a allumé ses lumières. Marie s'accoude à la rambarde pour admirer ce spectacle. Elle n'entend pas les pas qui se rapprochent de sa cabine.

Elle ne voit pas l'enveloppe que quelqu'un glisse sous la porte.

35

Il est près de midi quand Marie émerge d'un sommeil agité. C'est la première fois depuis son adolescence qu'elle se réveille aussi tard. Toute la nuit, la fièvre a fait transpirer des milliers d'idées dans son esprit.

Le projet des tricots personnalisés l'excite. Elle a des tas d'idées qu'elle a hâte de voir prendre forme. Entre deux quintes de toux, elle a élaboré la liste des pièces qu'elle enverra à Muriel pour faire un test : un bonnet à oreilles avec une tête de chat, une écharpe à moustache, une housse de coussin avec une licorne, un pull avec un hibou, des gants à chevrons et une robe enfant avec une étoile filante.

Avec la grippe, elle va garder la cabine encore quelques jours ; ça lui permettra d'avancer rapidement et de les envoyer à la prochaine escale.

Mais ce qui l'a gardée éveillée une partie de la nuit, c'est le manque de ses filles. Elle pensait que ce serait plus facile. Elles sont grandes, elles ne vivent plus avec elle, elles l'ont soutenue, voire encouragée à partir et lui ont interdit de les appeler. « On ne veut pas t'entendre pendant trois mois, mamounette, tu pro-fites. » Elle désobéit à peine. Régulièrement, elle envoie une carte postale avec quelques nouvelles à leurs appartements respectifs. C'est son cordon à elle. Elle se retient de les appeler chaque soir, se passe de leurs câlins et de leur odeur, alors, il ne faut pas trop lui en demander. Plus d'un mois qu'elle ne les a pas vues, ça n'était jamais arrivé. Elle se demande si elles vont bien, comment elles gèrent la séparation, si ça se passe bien avec Rodolphe, si Lily a eu son code, si Justine s'est remise de sa dernière peine de cœur, si elle ne leur manque pas trop. Depuis son départ, elle a réussi à ne pas culpabiliser exagérément. Mais aujourd'hui, affaiblie par la maladie, elle se demande ce qui a pu lui passer par la tête pour partir si loin de ses bébés.

Elle s'étire longuement en essayant de chasser toutes ces pensées. Un bon chocolat chaud sur le balcon devrait lui redonner des forces. C'est en posant les pieds par terre qu'elle voit l'enveloppe. Elle la ramasse et n'attend pas pour l'ouvrir. À l'intérieur, sur une feuille blanche pliée, des mots bleus s'enchaînent.

Marie,
En écoutant cette chanson, j'ai pensé à toi. Je suppose que c'est l'une de tes préférées. J'espère que tu vas mieux.

Pas l'indifférence

J'accepterai la douleur
D'accord aussi pour la peur

Je connais les conséquences
Et tant pis pour les pleurs

J'accepte quoi qu'il en coûte
Tout le pire du meilleur
Je prends les larmes et les doutes
Et risque tous les malheurs

Tout mais pas l'indifférence
Tout mais pas ce temps qui meurt
Et les jours qui se ressemblent
Sans saveur et sans couleur

Et j'apprendrai les souffrances
Et j'apprendrai les brûlures
Pour le miel d'une présence
Le souffle d'un murmure

J'apprendrai le froid des phrases
J'apprendrai le chaud des mots
Je jure de n'être plus sage
Je promets d'être sot

Tout mais pas l'indifférence
Tout mais pas ce temps qui meurt
Et les jours qui se ressemblent
Sans saveur et sans couleur

Je donnerais dix années pour un regard
Des châteaux, des palais pour un quai de gare
Un morceau d'aventure contre tous les conforts
Des tas de certitudes pour désirer encore

Échangerais années mortes pour un peu de vie
Chercherais clé de porte pour toute folie
Je prends tous les tickets pour tous les voyages
Aller n'importe où mais changer de paysage

Échanger ces heures absentes
Et tout repeindre en couleur
Toutes ces âmes qui mentent
Et qui sourient comme on pleure

C'est signé Loïc.

Marie lit ces paroles qu'elle connaît par cœur. C'est en effet l'une de ses chansons préférées. Pendant des années, elle s'est dit qu'elle aurait pu écrire chaque parole. Comme si Jean-Jacques Goldman avait observé son quotidien, prélevé ses émotions, décortiqué ses pensées pour en faire une chanson.

Ce Loïc l'intrigue. Il est distant la plupart du temps, et là, en quelques mots, il lui montre qu'il l'a comprise. L'autre soir, au restaurant, elle lui a raconté sa vie dans les grandes lignes. Et lui, il a lu entre. Elle lui a relaté les faits, il en a déduit ses sentiments. Et, depuis, il lui a à peine adressé la parole. À quoi joue-t-il ? Quel est l'intérêt de ce mot ? Il souffle le chaud et le froid ; ça commence à devenir déboussolant. Jusqu'ici, seuls ses parents et ses filles s'intéressaient à ce qu'elle pouvait ressentir. Elle n'a pas l'habitude que des étrangers lui accordent de l'attention. Et c'est plutôt agréable. Mais, quand ces mêmes personnes se transforment en murs la minute d'après, ça l'est nettement moins. Soit ce type est schizophrène, soit il joue avec elle.

172

Dans les deux cas, il ne lui fera pas perdre de temps. C'est décidé, elle ne répondra pas à son message. Mais le relire ne peut pas lui faire de mal. Alors, elle avale ses médicaments et retourne sous la couette avec la feuille entre les mains et un sourire sur les lèvres.

36

— Ça bouge beaucoup, quand même. Je ne suis pas sûre que ce soit très sécurisé.

Assise dans la pirogue, Anne ne parvient pas à se détendre. Camille se marre.

— T'inquiète, j'ai pris des bonbons. Si on se renverse, je détournerai les crocodiles.

— Ça ne me fait pas rire du tout.

— Camille, arrête de te moquer, intervient Marie. Tu sais bien que les crocodiles ne mangent pas de bonbons. Moi, j'ai pris ma carte bancaire, je suis sûre qu'ils sont corruptibles.

— C'est ça, moquez-vous ! Si on tombe, vous ferez moins les malignes.

Autour d'elles, la forêt tropicale fait une haie d'honneur à la rivière Navua. À l'arrière, un autochtone en habit végétal guide la pirogue. Les trois femmes étaient encore un peu malades lors de leur arrivée à Suva, mais elles ne voulaient manquer cette excursion sous aucun prétexte. Elles s'en félicitent. De temps à autre, des falaises prennent le relais des arbres, laissant jaillir une cascade et des oiseaux colorés. Le dépaysement est total.

L'arrivée au village fidjien se fait au son des chants traditionnels. L'accueil est chaleureux et organisé. Les habitants, vêtus de pagnes mixés à des vêtements plus modernes, sont habitués à recevoir des touristes et le font de bonne grâce. Les passagers suivent le guide pour une visite du village avant de s'installer parmi les villageois autour d'un buffet de fruits juteux.

Jusqu'ici, les excursions se limitaient à la visite de lieux. Là, ils découvrent un peuple, une culture. Ils échangent, grâce à un traducteur américain, s'observent, se touchent même. Les heures filent sans que personne s'en rende compte.

Les enfants sont particulièrement attachants. Un garçon âgé de deux ou trois ans se blottit dans les bras de Marie et s'y endort. Une fillette de dix ans est subjuguée par les bracelets de Camille. À la fin de la journée, des enfants du village leur offrent une danse traditionnelle en guise d'adieu. Voir ces petits bouts d'hommes se donner du mal pour s'inscrire dans les souvenirs de leurs visiteurs a quelque chose d'émouvant. L'un d'entre eux attrape Anne par la main pour l'inviter à danser. Elle résiste, puis, au bout de quelques secondes, essaie de les imiter, provoquant l'hilarité des villageois. En partant, Camille offre un bracelet à la fillette, qui fond en larmes.

Dans la pirogue, au retour, les trois femmes gardent le silence.

Quand elle était petite, Anne disait qu'elle voulait cinq enfants. Ça faisait rire les grands, mais elle était très sérieuse. Une famille nombreuse, à l'inverse de la sienne, voilà ce qu'elle voulait. Des frères et sœurs qui se prêtent leurs jouets, se tirent les cheveux, partagent des secrets et des souvenirs, font des spectacles de danse pour leurs parents, s'endorment blottis les uns contre les autres devant la télé, se volent des bonbons. Elle avait choisi leurs prénoms et imaginé leurs visages.

Et puis elle a rencontré Dominique, et elle a oublié les goûters, les doudous, les sucettes. Il lui suffisait. Leur famille était une table de deux. Elle n'a jamais regretté. Son amour des enfants, elle le comble avec ceux de ses collègues. Tata Anne les gâte à chaque Noël et chaque anniversaire. Ils le lui rendent bien : son frigo est recouvert de dessins.

Camille ne veut pas d'enfants. Ces petits machins qui braillent, chient et foutent en l'air la grasse mat' du dimanche, très peu pour elle. Ceux des autres, à l'extrême limite, elle peut les tolérer quelques minutes. Mais en avoir un à soi, pour toute la vie en plus, non merci. Elle a du mal à garder une plante vivante, alors, un bébé… Ou bien il faudrait qu'elle puisse accoucher d'un enfant déjà grand. Qu'il sache se faire à manger, s'habiller tout seul et débarrasser le lave-vaisselle.

Et puis il faudrait qu'elle arrête de boire, de fumer et, surtout, de dire des gros mots. Elle n'est pas prête pour de tels sacrifices. Elle commence juste à jouer à la poupée ; elle ne compte pas partager. Elle a tout le temps pour ça. Heureusement, il n'y a pas de papa en vue.

Marie est tombée enceinte sans l'avoir prévu. Avoir des enfants, ça faisait partie de ses plans, mais pas dans l'immédiat. Elle n'était pas prête. Jusqu'à ce qu'elle les sente bouger sous sa peau. Les jumelles se tenaient la main dès la naissance. Marie a tout de suite senti cet amour dont parlent les mamans. Celui qui fait presque mal tellement il est fort. Ça ne lui est jamais passé.

Lorsqu'un autre bébé a tracé deux barres roses sur un test, elle l'a immédiatement aimé. Elle a décoré sa chambre, acheté des tas de petits bodies, les a lavés avec de la lessive hypoallergénique, a colorié son prénom sur la porte de sa chambre et imaginé leur rencontre. Il s'appelait Jules, il avait sa bouche et le nez de son père, il était beau, mais il est mort au moment de vivre. Une part d'elle est partie avec lui. Rodolphe a dit qu'il fallait tourner la page, c'était pas comme s'il avait vraiment existé, hein. Elle a obéi, en apparence. Pas un seul jour ne passe sans qu'elle pense à son fils qui serait adolescent aujourd'hui.

Le retour dans le paquebot plein de lumières et de dorures a quelque chose de décalé après cette parenthèse hors du temps. Alors que les trois femmes se dirigent vers l'ascenseur, Arnold vient à leur rencontre en fixant Marie.

— Bonsoir, madame Deschamps, voici encore un courrier pour vous.

Marie saisit l'enveloppe qu'il lui tend. L'écriture hachée de Rodolphe s'étale sur le papier blanc, sous un timbre collé de travers.

— Ça va aller ? demande Anne.

— Oui, oui, je lirai ça plus tard.

Elle range la lettre dans son sac, avec la désagréable impression que son contenu ne va pas lui plaire.

37

Cette fois, Marie ne réfléchit pas. À peine la porte de sa cabine fermée, elle déchire l'enveloppe. Il ne faut pas perdre de temps. Les mots de Rodolphe, c'est comme l'épilation : ça fait moins mal quand on arrache très vite.

Ma chérie,
Depuis ton départ, je suis inconsolable. Je tourne en rond, je me demande comment j'en suis arrivé là, je pleure. J'ai perdu cinq kilos, je n'arrive plus à manger. Je ne suis plus que l'ombre de moi-même, je fais peur à tout le monde. Je n'ai pas mérité ça, je t'ai toujours bien traitée. Je me rends compte que j'ai besoin de toi. Je ne veux pas vivre sans toi. Il faut que tu reviennes, je suis ton mari, le père de tes filles. Je ne supporte plus le silence dans la maison, tu dois me laisser une chance.
J'attends ton retour avec impatience.

Ton Rodolphe

À la première lecture, Marie est en état de choc. Le Rodolphe qu'elle connaît ne peut pas avoir écrit ces mots. Ou alors, il était sous la menace d'une arme ou l'emprise d'une drogue. Voire les deux en même temps. Il lui faut au moins ça pour mettre sa fierté sous son bras et réclamer le retour de sa femme.

À la deuxième lecture, elle sent la culpabilité l'envahir. Il a l'air terriblement malheureux ; elle ne pensait pas lui faire tant de peine. Ce n'était pas son but, elle n'a jamais souhaité ça. Elle voulait se sauver, elle, pas le couler, lui. Elle aurait peut-être dû être plus patiente, essayer de discuter davantage.

À la troisième lecture, le voile tombe. C'est bien Rodolphe qui a écrit cette lettre. Il ne parle que de lui. *IL* est inconsolable, *IL* a besoin d'elle, *IL* n'a pas mérité ça. Pas une pensée pour elle. Juste lui qui réalise que son jouet ne fonctionne plus et qu'il ne va pas pouvoir le réparer. En le quittant, elle était persuadée qu'il serait soulagé. Il n'aurait pas à le faire lui-même et plus à supporter cette vie qui ne lui convenait plus. Visiblement, elle ne lui déplaisait pas tant que ça.

Marie froisse la lettre, la jette à la poubelle et ouvre la baie vitrée. L'air marin apaisera sans doute sa nausée.

En quelques inspirations, l'iode fait effet. C'est devenu sa drogue. L'idée de vivre près de l'océan chemine dans son esprit. Elle n'a plus aucune obligation de rester en banlieue parisienne.

Elle visualise sa future maison, en bordure de falaise, avec vue sur le coucher de soleil depuis son canapé massant, et un jardin avec un mimosa, lorsque des voix lui parviennent du balcon voisin.

L'Italienne est en pleine discussion avec un homme. Et cet homme, c'est Loïc. Il fait presque nuit et il est dans la cabine d'une femme, ce n'est certainement pas pour faire de la pâte à modeler. Il cache bien son jeu, le Breton. Bravo, le numéro du veuf éploré pour attendrir les femmes, c'est bien trouvé. Quelle chanson il lui a glissée sous la porte, à elle ? *Lasciatemi cantare* ? *Ti amo* ? Si elle n'était pas si déçue, elle pourrait en rire. Mais ça fait beaucoup pour la journée.

Elle retourne dans la cabine, ferme la baie vitrée, tire les rideaux, s'allonge sur le lit, enfonce Jean-Jacques Goldman dans ses oreilles et se met à pleurer.

38

Le paquebot se trouve aux antipodes de la France. Vingt-quatre mille kilomètres séparent les passagers de leurs foyers.

Ce soir, après une journée de navigation, les trois femmes se sont retrouvées sur le balcon de Marie pour fêter cet événement. Elles entament la deuxième bouteille de champagne lorsque le téléphone de Camille sonne. Elle regarde l'écran, vide sa coupe d'un trait et s'éloigne dans la cabine. Les deux autres tendent l'oreille.

— OK. Non. Pas grave. Tant pis. Merci quand même. Oui, ça va. C'est pas ta faute. OK. Je comprends. Tu lui diras quand même que c'est un con. Ouais. Non. Au revoir.

— C'était Julien, dit-elle en les rejoignant.

Marie lui tend sa coupe pleine.

— Ça va aller ?

— Je suis virée. Je m'en doutais : j'ai merdé et mon boss en a profité. J'aurais fait la même chose à sa place.

— Tu vas faire quoi maintenant ? demande Anne.

— Me taper un Néo-Zélandais, quelle question !

Anne glousse.

— Non, mais, sérieusement, reprend Marie. T'as un plan B ?

— Je sais pas. Je vais peut-être me réorienter dans le dessin. Mais, d'abord, je vais me taper un Néo-Zélandais.

Marie prend la cigarette de Camille et tire longuement dessus.

— T'as raison, dit-elle. J'ai lu quelque part qu'ils avaient de très grosses bites. Ou alors, c'étaient les Néo-Calédoniens, je sais plus.

Anne et Camille sont stoppées dans leur élan et fixent Marie de leurs yeux écarquillés.

— Quoi ? Faites pas vos mijaurées, petites dévergondées.

Les trois femmes partent dans un fou rire de plusieurs minutes. Anne se tient les côtes, Marie essuie ses larmes, Camille renifle bruyamment.

— Bon, reprend Marie en se levant, j'ai une idée. Vu qu'on est à l'autre bout du monde, on va faire un truc pour marquer le coup.

Elle se lève, attrape un carnet et un stylo sur le bureau et retourne s'asseoir dehors.

— On va faire chacune la liste de ce qu'on a laissé en France et qui ne nous manque pas. Après, on la brûle. Comme ça, quand on rentre, ça n'existera plus. Pfiou, disparu.

— Ah ouais, quand même…, dit Camille. L'alcool te fait de drôles d'effets.

— Je trouve que c'est une très bonne idée ! s'exclame Anne. Est-ce qu'on peut mettre des personnes ?

À tour de rôle, les trois femmes s'appliquent à rédiger leur liste. C'est Marie qui s'y colle la première.

Ce qui ne me manque pas, par Marie

- Les ronflements de Rodolphe
- Le générique du JT
- Les scandales de Josette Lanusse devant le portail
- Les SMS de promotion (surtout ceux de Darty)
- Ma robe de chambre verte
- Le robinet du lavabo qui fuit
- La compagnie de la télé
- Étendre les chaussettes
- Mes anciens cheveux
- La sonnerie du portable de Rodolphe
- Mon beau-frère
- Les insomnies
- Les dimanches soir, quand les filles repartent
- La haie de sapins pour seul horizon
- Les journées qui se ressemblent
- La solitude

Puis elle passe solennellement le relais à Anne, qui a le réflexe de cacher ce qu'elle écrit avec son bras. Comme à l'école.

Ce qui ne me manque pas, par Anne

- Le silence dans l'appartement
- L'angoisse dans le métro
- Changer la litière
- La pollution
- Les steaks bouillis de la cantine
- Les rhumatismes dus à l'humidité

- *Les sursauts au moindre bruit dans l'escalier*
- *Le froid dans le lit*
- *L'attendre*
- *La cheminée qui cache la tour Eiffel face à la fenêtre du salon*
- *Le regard insistant de Jean-Marc*
- *La solitude*

Une fois sa liste terminée, elle attrape la bouteille et verse les dernières gouttes de champagne dans sa coupe.

— Ah tiens, je me marie avant la fin de l'année ! Quelle connerie !... Allez, à toi, Camille.

Camille prend le stylo qu'Anne lui tend et retranscrit rapidement les idées qu'elle a mentalement listées.

Ce qui ne me manque pas, par Camille
- *Le café du boulot (sauf le double sucre)*
- *La pression des objectifs*
- *Mon boss*
- *La balance*
- *Les embouteillages*
- *Les plats cuisinés réchauffés au micro-ondes*
- *Les allusions graveleuses du gardien d'immeuble*
- *Scruter le Facebook d'Arnaud*
- *Les remarques sur mon poids*
- *Les orgasmes de la voisine du dessous*
- *Les cauchemars*
- *La solitude*

Elle repose le stylo et arrache la page.

— Voilà, j'ai terminé. On fait quoi maintenant ?

Marie attrape le briquet posé sur la table.

— Maintenant, on va brûler nos listes. J'ai d'abord pensé à les jeter dans l'eau, mais on va éviter de polluer. Vous êtes prêtes ?

— Attends ! s'écrie Camille. Faudrait qu'on dise quelque chose, comme une incantation, non ?

— Ah oui, bonne idée ! Vous pensez à quelque chose ?

Anne réfléchit quelques secondes.

— Il y a une formule anglaise que j'aime beaucoup. Je pense qu'elle correspond bien à ce qu'on vit en ce moment : *Today is the first day of the rest of my life.*

— J'adore ! répond Marie. En français, c'est presque le titre d'un film que j'adore.

Les trois femmes joignent leurs papiers, les roulent, puis y mettent le feu avant de les lâcher au-dessus de l'océan. Pendant que les choses qu'elles ne regrettent pas volent en fumée, elles récitent en chœur leur mantra.

— Aujourd'hui est le premier jour du reste de ma vie !

C'est la Saint-Valentin. Seul un coup d'œil au calendrier permet de le savoir, la croisière ayant banni tout signe ostentatoire. Pas de cœurs collés sur les vitres, pas de soirée spéciale, pas de slow diffusé dans les haut-parleurs. Les passagers ont laissé leur romantisme à quai et comptent bien ne pas le croiser sur le pont.

Le paquebot est amarré en plein centre d'Auckland. Pas besoin de taxi ou de bus, la ville est à portée de pied. Sur le quai, Anne embrasse ses amies.

— À ce soir, les filles. Passez une bonne journée !

— Toi aussi, profite bien de ta cousine. Tu as son adresse ? demande Marie.

— Oui, oui, elle me l'a envoyée. Je suis tellement pressée de la voir… Deux ans que je ne l'ai pas vue, on a du temps à rattraper !

Marie, Camille et leurs shorts en jean passent la matinée à arpenter les rues de la ville néo-zélandaise. Le mois de février équivaut là-bas à celui d'août en France. Il y règne un air de vacances d'été. Les planches surfent, les sandales claquent, le vent siffle dans les mâts, les plages grouillent, le soleil brûle, les glaces fondent, les robes volent, les peaux brunissent, les gens paressent. Les DVD ne mentaient pas : c'est une ville agréable peuplée de gens qui ne le sont pas moins.

Elles sont en train de manger une glace devant une boutique consacrée aux All Blacks lorsqu'un homme les accoste. Plus précisément, il accoste Camille. En anglais, il lui propose de lui faire visiter sa ville.

— Bordel, j'ai rarement vu un mec aussi beau, glisse-t-elle à Marie.

— Je confirme : il est canon ! Va avec lui, je continue toute seule.

Camille fixe le beau brun, affiche son sourire le plus énigmatique et lui dit non de la tête en lui disant oui des yeux.

— T'es sûre ? demande-t-elle à Marie. Oh, mon Dieu ! Regarde-moi cette bouche…

— Allez, file ! On se rejoint ce soir.

Marie les regarde s'éloigner tous les deux en se demandant par quoi elle va poursuivre sa visite. Quand elle se retourne, ses yeux s'arrêtent sur l'immense tour qui domine la ville. Ce sera la Sky Tower.

À peine quelques secondes sont nécessaires à l'ascenseur pour atteindre le sommet. En haut, à plus de trois cents mètres, le spectacle est étourdissant. À travers les vitres qui entourent l'observatoire s'étalent l'océan, le ciel, la ville, le soleil. Heureusement qu'Anne n'est pas là. Marie est en train de sourire en pensant à son amie lorsqu'une voix familière la surprend.

— C'est magnifique, dit Loïc. On domine le monde.

Elle ne l'avait pas vu. Il est partout, celui-là.

— Hmmm.

— Tout va bien, Marie ?

— Très bien, répond-elle sèchement.

— Tu as eu ma lettre ?

— Je l'ai eue. Je voudrais apprécier la vue tranquillement, s'il te plaît.

Loïc hausse les sourcils et garde le silence quelques minutes. Puis il revient à la charge.

— J'ai fait quelque chose de mal ?

— Pas du tout.

— Je te trouve distante, je me trompe ?

Marie continue de fixer l'horizon.

— Je ne suis pas du tout distante, tout va très bien.

— Donc, tu acceptes de déjeuner avec moi ce midi ?

— Non.

Il sourit.

— Alors, il y a quelque chose. Et je suis têtu, je ne lâcherai pas.

Elle se tourne vers lui et soupire.

— Tu me veux quoi, au juste ?

— Comment ça ?

— Tu joues à quoi ? Un coup t'es hyper sympa, on se raconte nos vies, on passe un bon moment, et la fois d'après t'es glacial. Tu joues à quoi ? dit-elle en haussant le ton.

Plusieurs visiteurs les regardent. Loïc a l'air étonné.

— Je comprends rien à ce que tu dis…

— Ouais… Je vais te dire la vérité : je me demande même si le coup du veuf éploré n'est pas une arme de séduction massive. Je t'ai entendu chez l'Italienne l'autre soir… Ça a l'air de bien marcher.

Il écarquille les yeux, puis éclate de rire. Marie regrette déjà ce qu'elle vient de dire.

— D'accord, tu es complètement cinglée ! Alors, d'abord, je ne cherche à séduire personne, je suis vraiment veuf et ce n'est pas un jeu. Je suis désolé si je t'ai donné l'impression de chercher à te mettre dans mon lit, mais je me suis juste senti bien avec toi l'autre soir, comme avec une amie. Rien de plus. Le reste du temps, je ne suis pas froid, je suis réservé. C'est ma nature, j'y travaille.

— Non, mais tu n'as pas à te justifier, je n'aurais pas dû te dire ça…

— Ensuite, poursuit-il, si j'étais dans la cabine de Francesca, c'est parce qu'elle est sans cesse en train de me demander des services et que je n'ose pas refuser. Ce soir-là, elle voulait que je relise le guide qu'elle est en train d'écrire sur la croisière, pour avoir mon avis.

Marie secoue la tête.

— Je suis désolée, t'as raison, je suis complètement cinglée… Ça doit être la faim. Tu n'as pas parlé d'un déjeuner ?

— Alléluia ! Allez, viens, on y va avant que tu me mordes.

— Allons-y ! répond Marie en se dirigeant vers l'ascenseur. Alors, comme ça, ma voisine de cabine écrit des guides touristiques ?

40

Il est près de minuit lorsque Marie et Loïc regagnent le paquebot.

— J'ai passé une super journée, dit-elle.

— Moi aussi. On pourrait se faire une petite balade sur le pont supérieur pour la prolonger un peu ?

— Bonne idée !

La journée a été épuisante, mais Marie n'a pas envie qu'elle se termine. Depuis ce matin, ils ont mangé un sandwich sur le banc d'un parc, arpenté la ville, rencontré une colonie de fous de Bassan, en ont pris plein les yeux à Waiheke Island, sont allés dîner et se sont raconté un peu d'eux. Comme lors du premier soir, ils se sont vite sentis à l'aise et, entre deux conversations sur la cuisine ou la musique, ils se sont livré quelques souvenirs, leurs envies, leurs espoirs. À mots couverts, ils ont évoqué leurs bonheurs et leurs douleurs. Naturellement.

Le pont supérieur est désert. Leurs pas s'étirent lentement sur les lames de bois.

— Et, donc, tu es né en Bretagne ? demande Marie.

— À Morlaix. Et j'y vis toujours, à dix minutes de l'océan. J'en ai besoin, je suis incapable de m'en éloigner.

— Je comprends. Je suis en train d'y prendre goût. C'est apaisant et énergisant à la fois. Ça me manquera beaucoup quand la croisière sera terminée.

Loïc observe Marie.

— Tu m'étonnes. C'est comme si… Merde, voilà Francesca !

De l'autre côté du pont, le téléphone à l'oreille et faisant de grands gestes, Francesca avance dans leur direction. Loïc attrape Marie par la taille et l'entraîne derrière un canot de sauvetage rangé contre la paroi. Une fois accroupis, serrés l'un contre l'autre pour qu'aucun membre ne dépasse, ils réalisent qu'ils sont vraiment à l'étroit.

Le cœur de Marie bat dans son cou. Sans doute l'excitation de se cacher comme une gosse… La voix de l'Italienne est de plus en plus nette, ses pas se rapprochent. Des rires montent dans la gorge de Marie ; elle fait son possible pour les contenir. Loïc est dans le même état. Son visage est enfoui dans le cou de Marie ; elle sent ses mâchoires se contracter. Ses mains, qui la maintiennent contre lui, tremblent. Ils ont dix ans.

Francesca arrive à leur hauteur. Marie et Loïc retiennent leur respiration. Elle ne ralentit pas en passant devant le canot et, concentrée sur sa discussion, continue sa marche de l'autre côté. Leurs muscles se détendent, le rythme cardiaque de Marie reprend une allure normale, comme le souffle de Loïc. Son souffle chaud sur sa nuque. L'excitation passée, ils prennent conscience de leur position. Loïc est derrière Marie, pressé contre son dos. Ses mains enserrent sa taille. Sa joue est collée à son oreille. Son bassin est contre ses fesses. Ils ne parlent plus. L'envie de rire est partie. Ils ne bougent pas. La respiration de Loïc s'accélère de nouveau. Marie la sent sur elle. Un frisson recouvre sa peau. Elle ferme les yeux et penche la tête sur le côté pour lui tendre son cou. Lentement, il approche ses lèvres, effleure sa peau, les presse plus fort. Puis il relève la tête brusquement et se racle la gorge.

— Bon, je crois qu'elle ne nous a pas vus, dit-il en se dégageant de la cachette.

Marie n'ose pas le regarder dans les yeux.

— Je crois aussi. On a eu chaud.

La promenade se termine rapidement, autour de réflexions sur la température et le nombre d'étoiles.

Dans sa cabine, Marie se laisse tomber sur son lit. N'importe quoi. Elle vient de quitter son mari, jure partout qu'on ne l'y reprendra plus et, hop, une petite respiration dans le cou, et elle est prête à tomber dans les bras du premier venu. Qu'est-ce qui lui prend ? D'accord, elle a passé une bonne journée, Loïc n'est pas vraiment repoussant, ils étaient dans une position qui appelle le rapprochement, et son corps lui a envoyé des signaux évidents, mais quand même. Elle est plutôt du genre à tout avoir sous contrôle, pas à le perdre. Ça ne se reproduira pas, c'est certain. L'océan a décidément de drôles d'effets.

Marie et Anne ont traîné Camille à la soirée caba-ret. Ce genre de spectacle, ce n'est pas pour elle. Voir des gens faire des cabrioles ou avaler des épées lui donne envie, au mieux, de dormir, au pire, de mourir dans d'atroces souffrances. La promesse d'acrobates au torse dessiné a fini par la convaincre.

Assises autour d'une table ronde et d'un plateau de fruits de mer, les trois amies regardent le ventriloque qui entre sur scène. Camille pouffe.

— Sans déconner, les filles, vous allez pas me dire que vous aimez ça ?

— Moi, j'aime bien, répond Anne en attrapant une huître. Ils sont très doués.

— T'as raison. Depuis quand faut être doué pour mettre le bras dans le cul d'un singe en peluche ?

Marie se met à rire.

— T'es complètement barge. Qu'est-ce qu'on s'en-nuierait sans toi !

Camille sourit et lève fièrement le menton.

— C'est pour ça que vous avez insisté pour que je vienne, avouez. Je commence à vous connaître, bande de petites arnaqueuses. Bon, vous avez bien fait, les fruits de mer déchirent.

Camille est en train de sucer goulûment la tête d'une crevette lorsque le projecteur s'arrête sur elle. Le ventriloque a terminé son numéro et a cédé la place à un moustachu uniquement vêtu d'un pantalon de cuir à franges. Elle lève la tête et voit une grande blonde en justaucorps doré avancer vers elle en lui tendant la main.

— Quoi ? Qu'est-ce qu'elle me veut ?

— Je crois qu'il faut que tu la suives, dit Anne en gloussant.

— Hors de question ! J'ai pas envie de chanter. Non merci !

Marie observe les techniciens qui s'affairent sur la scène.

— Je ne veux pas m'avancer, mais je ne pense pas que ce soit pour chanter…

Camille tourne la tête vers l'estrade. Un plateau est en train d'être installé à la verticale, à quelques mètres de l'homme à moustaches. Sous l'influence du présentateur, les spectateurs tapent dans leurs mains pour encourager la jeune femme. Elle secoue la tête.

— Déconnez pas, c'est un lanceur de couteaux !

La blonde au justaucorps lui attrape la main et l'entraîne sans lui laisser le choix. Camille la suit de mauvaise grâce, sous les rires de Marie et Anne.

Quelques minutes plus tard, attachée en croix sur le plateau, elle retient son souffle en attendant le premier couteau. Si elle survit, les filles le lui paieront. Le moustachu se concentre, l'arme dans la main. Les franges de son pantalon tremblent. Ou alors ce sont ses yeux à elle. Il lève le bras, fait mine de lancer le couteau. Faux départ. Le sadique. La seconde fois est la bonne. La lame s'envole vers elle, elle ferme les yeux, ouvre la bouche et…

— NOOOOOOON !

Elle ouvre les yeux. Elle est vivante. Le couteau est à côté de sa tête. La salle rit. Elle aurait dû faire pipi avant.

Après avoir hurlé des mots de plus en plus grossiers à chaque couteau, Camille est revenue à sa place. Le dessert est entamé lorsque le dernier numéro est annoncé. Une magicienne s'installe sur scène aux côtés d'une grande caisse noire. Marie applaudit.

— Oh, c'est le tour où ils découpent une personne en plusieurs morceaux ! J'adore !

— Je préviens : si la blonde en justaucorps revient me chercher, je la découpe en morceaux pour de vrai, dit Camille.

Le projecteur s'immobilise sur une autre table. L'assistante se dirige vers la lumière et tend la main à une femme.

— C'est Rose, la râleuse ! s'exclame Marie.

Rose rechigne quelques secondes, mais les encouragements des spectateurs ne lui laissent pas le choix. À son tour, elle suit la blonde au justaucorps sur la scène. La magicienne l'accueille, lui glisse quelques mots à l'oreille et l'allonge dans la caisse.

Le visage de Rose n'a jamais été aussi tendu. Les coutures sont prêtes à lâcher.

— C'est incroyable, dit Marie en regardant le corps se séparer en deux. Je me suis toujours demandé comment ils faisaient.

— Moi, je sais ! dit Anne. J'ai un collègue qui donne des spectacles de magie à l'occasion et il m'a donné son truc.

Marie secoue la tête.

— Non, non, je sais qu'il y a un truc, mais je veux pas le connaître. Par contre, je connais le coup des colombes qui sortent de la manche. Tu veux savoir ?

— Non, moi aussi, je préfère garder le mystère.

— Vous êtes mignonnes, les filles, dit Camille. À vos âges, vous aimez encore la magie !

— Comment ça, « à vos âges » ? demandent-elles en même temps.

En regagnant sa cabine, Marie repense aux paroles de Camille. C'est vrai : elle aime les tours de magie ; elle a toujours aimé ça. Et elle sait pourquoi. Parce que la vie, c'est comme un tour de magie. Quand on est enfant, on ne voit que le devant de la scène. C'est fabuleux, on s'émerveille, on se pose des questions, on a envie d'en savoir plus. Et puis, on grandit. Peu à peu, les coulisses se dévoilent, on réalise que c'est compliqué. C'est moins joli, c'est même parfois moche, on est déçu. Mais on continue quand même à s'émerveiller.

42

Marie a quarante ans. Pour l'occasion, Anne et Camille lui ont organisé une journée de plaisir absolu.

C'est complètement détendue, après un gommage au thé vert, un modelage californien et un soin relaxant du visage, qu'elle rejoint ses amies Chez Fernand, le restaurant gastronomique du paquebot.

— À ton anniversaire ! lance Camille en levant sa coupe de champagne.

— À ton anniversaire ! l'imite Anne. T'es contente d'avoir parlé à tes filles ?

— Tu peux pas savoir à quel point ! C'est mon plus beau cadeau.

Ce matin, Anne a prêté son téléphone à Marie pour qu'elle appelle les jumelles. C'était bon de les entendre. Elles parlaient en même temps, posaient des tas de questions, lui ordonnaient de profiter.

Elle les écoutait en fermant les yeux, les imaginait autour du téléphone, chacune poussant l'autre pour être plus près du haut-parleur.

— Justine a un copain ! a lancé Lily en riant.

— Arrête ou je lui dis que t'as loupé ton code.

— Bon, maman, raconte-nous des trucs ! Tu fais quoi ?

Elle leur a raconté le vol en parapente, sa nouvelle coiffure, Anne et Camille, la vie à bord, son balcon, la grippe, les dauphins. Elle les a écoutées parler de leurs études, de leurs copines, de leurs profs. Justine a adopté un chat, elle l'a appelé Mallow, parce que *Cha-mallow*. Lily a une nouvelle colocataire, elle est sympa, mais elle écoute Justin Bieber. Ses grandes filles vont bien.

Derrière, elle a entendu Rodolphe. C'est dimanche, elle n'avait pas réalisé. Elle a eu peur qu'il demande à lui parler, mais non. Au lieu de cela, il a ri exagérément fort plusieurs fois. Les filles ont eu l'air gêné, ont dit à leur mère qu'elle leur manquait, elle leur a dit « Je vous aime » et elle est brusquement revenue à l'autre bout du monde.

Camille tord la bouche.

— J'hésite entre le canard et le ris de veau… Alors, les filles, comment ça s'est passé hier ?

Elles se sont à peine croisées depuis Auckland ; elles ont des choses à se raconter.

— C'était une belle journée en famille, répond Anne.

Faustine est sa cousine, mais elles ont été élevées comme des sœurs. Toutes deux filles uniques, leurs maisons côte à côte, elles passaient tout leur temps libre ensemble, chez l'une ou chez l'autre. Faustine a quitté la France pour suivre son mari en Nouvelle-Zélande il y a dix ans. Ça a été un déchirement, mais elles s'appellent aussi souvent que possible.

Elles se sont jetées dans les bras l'une de l'autre en pleurant, puis ont passé la journée dans l'appartement du vingt-deuxième étage de Faustine. Anne ne s'est pas approchée du balcon. C'est sur le canapé qu'elles se sont raconté toutes les petites choses de la vie quotidienne. Ce qu'elles s'étaient déjà dit par téléphone, mais qui n'a pas la même saveur en face à face. Elles ont parlé des enfants de sa cousine, qui sont grands maintenant. L'aîné va être papa. Ça ne les rajeunit pas. Elles ont parlé de Jacques, son mari, qui sera bientôt à la retraite. Ils reviendront sans doute en France. Le pays leur plaît, mais les enfants leur manquent. Elles ont parlé de Dominique. «Il va revenir, c'est sûr», a dit Faustine. Elle ne connaît pas de couples plus amoureux; elle les a souvent enviés. C'est une crise, ça va passer.

— J'espère qu'elle a raison, dit-elle en attaquant son risotto. Parce que, j'ai beau essayer, je n'arrive pas à tourner la page. Je serais incapable de refaire ma vie. D'ailleurs, je déteste cette expression. Comme si on pouvait refaire sa vie comme on refait un nez…

Marie lui caresse l'épaule.

— Ça va aller, j'en suis sûre.

— Moi aussi, je pense qu'il va revenir, dit Camille. Je pense que l'amour, le vrai, ne meurt jamais.

Les deux autres la regardent avec étonnement.

— Qui êtes-vous? lui demande Marie. Qu'avez-vous fait de notre amie?

— Tu as pris de la drogue? demande Anne.

Camille se met à rire. Elle n'a pas pris de drogue. Elle a juste passé une journée et une nuit avec William. Elle fait défiler les photos de lui sous les yeux de ses amies. William attablé derrière un dessert, William torse nu, un selfie de William et Camille devant le coucher de soleil, William en train de dormir. Ses autres conquêtes avaient droit à un cliché ; il apparaît sur une dizaine. Elle l'a même filmé en train de faire un haka et ne lâche pas l'écran des yeux en diffusant la vidéo.

Camille a toujours rangé le coup de foudre au rayon des légendes, avec le père Noël et la petite souris. Si elle y croyait, elle penserait avoir été touchée. Avec lui, tout a été facile. L'écouter parler de lui, lui parler d'elle, le regarder, se laisser aller…

— C'est comme si j'étais à ma place… C'était bien, j'avais envie que ça dure toujours.

Marie et Anne ont arrêté de manger et la fixent avec un sourire niais. Camille ferme la galerie de son téléphone et le range dans son soutien-gorge.

Elle ne doit pas s'emballer. Ce mec l'a très certainement déjà oubliée ; elle fera bientôt la même chose. C'était bien, mais elle n'a pas prévu de s'amouracher de l'une de ses conquêtes. Alors, à la prochaine escale, elle effacera ses baisers avec ceux d'un autre.

— Et toi alors, Marie, t'as fait quoi ?

Marie raconte. La vue depuis la Sky Tower, les fous de Bassan, la journée avec Loïc, leur explication, Francesca, le dîner, la promenade sur le pont, le canot de sauvetage, les frissons.

— Mais, dis donc, elle se dévergonde, notre Marie ! dit Anne.

— Et alors, il en a une grosse ? demande Camille.

— Ah ! Camille a réintégré son corps ! répond Marie en riant. Calmez-vous, les filles, vous savez que je ne veux pas retomber amoureuse.

Camille mord dans un bout de pain.

— Ouais. Mais ça, c'est pas toi qui décides.

En regagnant sa cabine après cette journée parfaite, Marie marche sur une feuille posée sur le sol. Elle sourit en la ramassant.

Marie,
Après nos discussions d'hier, j'ai repensé à cette chanson. Je trouve qu'elle correspond bien à ce que tu es. On pourrait écrire nos vies en Jean-Jacques Goldman. Je te souhaite un bel anniversaire.

Loïc

Elle attend que le monde change
Elle attend que changent les temps
Elle attend que ce monde étrange
Se perde et que tournent les vents
Inexorablement, elle attend

Elle attend que l'horizon bouge
Elle attend que changent les gens
Elle attend comme un coup de foudre
Le règne des anges innocents
Inexorablement, elle attend

Elle attend que la grande roue tourne
Tournent les aiguilles du temps
Elle attend sans se résoudre
En frottant ses couverts en argent
Inexorablement, elle attend

Et elle regarde des images
Et lit des histoires d'avant
D'honneur et de grands équipages
Où les bons sont habillés de blanc
Et elle s'invente des voyages
Entre un fauteuil et un divan
D'eau de rose et de passion sage
Aussi purs que ces vieux romans
Aussi grands que celui qu'elle attend

Marie a la tête qui tourne. Le vin, ces paroles qui lui collent à la peau, le trouble de constater qu'il a encore visé juste. Elle se sent nue face à lui. Et ça ne la dérange pas. Elle s'installe à son bureau, attrape le carnet et un stylo et se met à écrire à son tour.

43

— Comme si on ne se tapait pas assez de bateau… Vous êtes complètement masos !

Camille râle en suivant Marie et Anne. À Sydney, un bateau à roue à aubes propose des dîners-croisières dans la baie. Marie avait vu un reportage sur ce restaurant flottant et tenait absolument à y manger. Elle n'est pas la seule : toutes les tables sont prises.

Une serveuse les guide jusqu'à la leur. Plusieurs têtes connues s'y trouvent déjà : Rose, la mamie râleuse, Marianne et Georges, les inséparables, Milou, l'amoureux transi de Camille, qui s'appelle en réalité Yanis, et Angélique, la petite blonde timide. D'un regard, les trois amies se mettent d'accord : ce dîner sera l'occasion d'aider les deux jeunes à se rapprocher.

De l'autre côté des vitres, le célèbre Opéra se reflète dans l'eau sombre, la ville scintille et le Harbour Bridge enjambe la baie. À l'intérieur, un groupe de musiciens aborigènes joue des morceaux traditionnels avec des instruments étranges.

— C'est fantastique, dit Marie.

Marianne acquiesce.

— C'est pour voir ce genre de spectacle que je suis heureuse d'être encore en vie.

— Eh bien, moi, je préférerais être morte, réplique Rose en grimaçant. Ce bruit est insupportable. Ce ne sont pas des instruments de musique, mais des instruments de torture !

Yanis avale une gorgée de vin et repose son verre.

— Ce sont des didgeridoos, des instruments ancestraux. Ils existent depuis vingt mille ans.

— Ça ne les rend pas moins affreux. J'aurais dû prévoir des bouchons.

— Dites donc, Yanis, vous avez l'air d'avoir beaucoup de culture, intervient Anne. Vous ne trouvez pas, Angélique ?

La jeune fille rougit et plonge les yeux dans son assiette. Yanis poursuit, en fixant Camille :

— Je suis passionné de musique, et surtout j'aime me cultiver. Je suis peut-être jeune, mais je connais beaucoup de choses. Plus que beaucoup d'hommes plus âgés.

Camille comprend le message. Il est coriace, le Milou. Hors de question de capituler.

— C'est sûr. Tu dois connaître un paquet de choses sur Winnie l'Ourson. Bourriquet va bien ?

— Angélique, demande Marie, tu es étudiante en musicologie, non ?

— Si.

— Ah ben, voilà, ajoute Anne. C'est un gros point commun, ça ! Vous êtes tous les deux passionnés de musique. Le hasard fait bien les choses.

Marianne tend un bras et ferme les yeux.

— L'amour, c'est l'art d'accorder ses instruments, déclame-t-elle. Les passions communes sont indispensables à l'unité d'un couple, vous savez.

Marie, Anne et Camille se mettent à rire. Leur manège n'a visiblement échappé à personne. Angélique se penche vers Yanis et lui murmure quelque chose. Rose souffle.

— Bon, on a compris, cette musique est merveilleuse. On va y passer le dîner ?

Georges se tapote les lèvres avec sa serviette, la plie lentement et la pose à côté de son assiette.

— De quoi souhaitez-vous donc que nous parlions, chère madame ? Des vitres sales, de l'accent horrible du serveur, de la ménopause ?

Au dessert, Angélique et Yanis quittent la table ensemble pour admirer la vue depuis l'extérieur. Camille applaudit en silence.

— Je pense qu'on a réussi !

— Vous nous expliquez ? demande Marianne. J'ai compris que vous vouliez les pousser dans les bras l'un de l'autre, mais pour quelle raison ?

— Parce qu'il me suit partout et que je n'en peux plus ! répond Camille. Faut lui trouver un autre Tintin.

Rose grogne :

— Vous savez que les couples sont interdits, je suppose.

Marianne attrape la main de Georges sous la table.

— Bien sûr, vous avez raison. Ce serait un scandale qu'un couple se forme.

— Un vrai scandale, répète Georges.

La première chose que fait Marie en ouvrant la porte de sa cabine, c'est de chercher l'enveloppe qui doit l'attendre au sol. C'est devenu un rituel. Elle n'a pas vu Loïc depuis Auckland, mais chaque soir, à tour de rôle, ils se glissent des paroles de chansons de Goldman sous la porte. Un soir sur deux, elle réfléchit à celle qu'elle va écrire. *Puisque tu pars,* qui la touche particulièrement depuis que ses filles ont quitté le nid. *Il changeait la vie,* celle qui lui est venue lorsque Loïc lui a parlé de son père cordonnier. La première qu'elle a glissée sous sa porte, c'est *Confidentiel.* Elle a hésité, par peur de le secouer, mais elle n'a pas regretté. Le lendemain, il lui répondait que c'était celle qu'il écoutait le plus depuis la mort de sa femme. Il était touché que Marie l'ait compris.

Elle a pris goût à ces échanges épistolaires qui leur permettent de se découvrir sans trop en dire.

L'enveloppe est là. Elle la ramasse et l'ouvre sans attendre.

Je suis sûr que celle-ci t'évoque beaucoup de souvenirs. Elle me fait penser à la Marie d'avant, celle que tu m'as décrite. Sauf que tu en as changé la fin.
Je te souhaite une douce nuit.

Elle met du vieux pain sur son balcon
Pour attirer les moineaux, les pigeons
Elle vit sa vie par procuration
Devant son poste de télévision

Levée sans réveil
Avec le soleil

Sans bruit, sans angoisse
La journée se passe
Repasser, poussière
Y a toujours à faire
Repas solitaires
En points de repère

La maison si nette
Qu'elle en est suspecte
Comme tous ces endroits
Où l'on ne vit pas
Les êtres ont cédé
Perdu la bagarre
Les choses ont gagné
C'est leur territoire

Le temps qui nous casse
Ne la change pas
Les vivants se fanent
Mais les ombres, pas
Tout va, tout fonctionne
Sans but, sans pourquoi
D'hiver en automne
Ni fièvre, ni froid

Elle met du vieux pain sur son balcon
Pour attirer les moineaux, les pigeons
Elle vit sa vie par procuration
Devant son poste de télévision
Elle apprend dans la presse à scandale
La vie des autres qui s'étale
Mais finalement, de moins pire en banal

Elle finira par trouver ça normal
Elle met du vieux pain sur son balcon
Pour attirer les moineaux, les pigeons

Des crèmes et des bains
Qui font la peau douce
Mais ça fait bien loin
Que personne ne la touche
Des mois, des années
Sans personne à aimer
Et jour après jour
L'oubli de l'amour
Ses rêves et désirs
Si sages et possibles
Sans cri, sans délire
Sans inadmissible
Sur dix ou vingt pages
De photos banales
Bilan sans mystère
D'années sans lumière

Encore dans le mille. Qu'est-ce qu'elle a pu l'écouter, celle-là, en se demandant comment faire pour vivre sa vie plutôt que de la rêver !

Faudrait pas que ça devienne troublant, cette histoire…

44

C'est en taxi que Marie arrive à l'héliport. Pour cette seconde journée à Sydney, elle a choisi de survoler la ville en hélicoptère. Après leur matinée en ville, Anne a préféré garder les pieds au sol tandis que Camille est partie à la chasse à l'Australien. Tous les croisiéristes participant à l'excursion sont déjà sur le tarmac : une trentaine de personnes écoutent les instructions des pilotes sous de lourds nuages noirs.

Chaque hélicoptère accueillera deux passagers, ils doivent se mettre par paires. Marie cherche du regard une personne qu'elle connaît pour partager ce moment. Les duos se forment sous ses yeux quand elle repère la tête de Loïc, de dos, derrière un petit groupe. Elle se précipite vers lui et lui tapote l'épaule. Il se retourne et semble heureux de la voir. Tellement qu'il explique à l'homme à ses côtés qu'il ne volera pas avec lui, finalement.

Du ciel, la vue est époustouflante. Le pilote a un fort accent australien et des sourcils en accent circon-flexe. Dans les casques, il leur raconte l'histoire du port qu'ils sont en train de survoler.

La terre tire ses langues sur l'océan aux mille nuances, les bateaux forment un ballet sauvage, les gratte-ciel côtoient les zones vierges, l'Opéra fait une révérence, et les îlots jouent au solitaire sous un ciel en noir et blanc. La beauté s'appelle Sydney.

Marie est plongée dans l'horizon lorsqu'elle réalise que le pilote ne parle plus. Assis devant eux, il observe sa console en silence.

— Tout va bien ? demande-t-elle dans le micro.

L'homme répond quelque chose que Marie ne comprend pas. Elle regarde Loïc.

— Je ne suis pas très sûr avec cet accent, mais je crois qu'il va écourter le vol, car le vent s'est levé.

Marie n'a qu'une hâte : regagner la terre ferme. Quelle idée de s'enfermer dans un truc qui vole, vraiment ! Un DVD aurait tout aussi bien fait l'affaire.

Loïc sent sa panique et tente des sourires rassurants qui se transforment en rictus effrayés à chaque secousse. Le paysage n'a plus rien de magnifique. Il est devenu hostile. L'océan les engloutira, les terres vierges les écraseront, les gratte-ciel les feront exploser en plein vol.

La descente se fait lentement. Trop lentement. L'hélicoptère peine à rester droit et les *It's OK, It's OK* du pilote ajoutent à la panique ambiante. Loïc est blême. Ses mains sont crispées sur ses cuisses et ses mâchoires serrées. Ils vont mourir, c'est sûr. Demain, les journaux annonceront l'accident tragique qui a coûté la vie à deux croisiéristes français en escale à Sydney. *Seuls quelques cheveux roux ont permis d'identifier la passagère de quarante ans.* Quelle horreur ! Je ne reverrai jamais mes filles, songe Marie lorsqu'une violente rafale fait tournoyer l'appareil. Une alarme sonne dans l'habitacle, et des lumières clignotent sur le tableau de bord. Le pilote se retourne, il a les sourcils en accent grave. Par réflexe, Marie se jette dans les bras de Loïc, qui la serre fort. Elle plonge dans son regard apeuré, arrache leurs casques-micros et écrase ses lèvres contre les siennes. Les larmes coulent dans leurs bouches, leurs langues s'emmêlent avec la passion du désespoir. Ils n'entendent plus, ne voient plus. Ils se concentrent sur ces derniers instants avant que tout s'éteigne.

Plus rien ne bouge. Le bruit diminue. Marie et Loïc ouvrent les yeux et séparent leurs lèvres. L'engin est posé, les hélices sont en train de s'arrêter. Le pilote se retourne en riant.

— Il ne fallait pas avoir peur, il dit.

Les autres hélicoptères sont encore en vol, il est de nature prudente, il n'y avait pas de gros danger. D'ailleurs, il leur a répété que tout allait bien tout au long du vol.

Leurs jambes tremblent en touchant le sol. Ils n'osent pas se regarder dans les yeux. Marie bafouille quelques excuses – les filles doivent l'attendre, elle file les rejoindre – et s'éloigne d'un pas aussi rapide que ses jambes en coton le lui permettent. Avec le cœur qui bat fort dans ses tempes.

45

Il pleut. La plupart des passagers en profitent pour se reposer. Les ponts et les commerces sont déserts. Sept jours de navigation sont nécessaires pour atteindre Singapour. Le quotidien s'organise sur le paquebot. Marie, Anne et Camille partagent beaucoup de leurs heures, mais aujourd'hui chacune a gardé sa cabine.

Les rideaux tirés, le DVD de Bridget Jones dans le lecteur, Marie tricote. Elle n'a pas de nouvelles de Muriel, qui a dû recevoir son colis et ses propositions de visuels. En attendant, elle s'est lancée dans des ouvrages pour ses amies. Elle a déjà terminé la robe et le pull pour Camille et aura bientôt fini le deuxième gilet pour Anne. Le même que le premier, mais de couleur différente.

À Melbourne, elle a trouvé une boutique de laine qu'elle a presque dévalisée. Il y en avait de toutes sortes ; elle n'avait jamais trouvé un tel choix par chez elle. La vendeuse l'a bien compris et, chaque fois que Marie pensait avoir terminé ses achats, elle lui sortait une nouvelle pelote irrésistible. Elle est rentrée au paquebot avec des sacs plein les mains et des idées précises sur ce qu'elle allait en faire.

À peine posée, elle montait déjà les premières mailles. Au moins, ça lui occupe l'esprit, qui a pris la mauvaise habitude de consacrer un peu trop d'énergie à penser à Loïc. Il est hors de question qu'elle le laisse faire. Ce n'est pas lui qui décide. Elle a presque réussi à aimer les choux de Bruxelles, l'autosuggestion fonctionne donc.

Depuis leur vol chaotique en hélicoptère, elle n'a aucune nouvelle de lui. Pas de rencontre, pas de dîner, pas de mot glissé sous la porte, rien.

Elle ne lui a pas écrit non plus. Cette relation s'engageait dans une direction qu'elle n'est pas sûre de vouloir suivre. Elle n'est pas là pour ça. Alors, ce serait pas mal qu'elle arrive à se sortir ce baiser de la tête.

Adossée contre les coussins de son lit, son ordinateur portable sur les cuisses, une cigarette calée entre les lèvres, Camille blogue. Son journal (pas vraiment) intime a pris un essor inattendu. Le nombre de visites ne cesse de grimper, elle reçoit des centaines de commentaires chaque jour, et son cas est abordé dans les médias.

En tapant le nom de son blog dans Google, elle est tombée sur des dizaines d'articles. *Qui se cache derrière le blog du moment ? L'inconnue qui agite la Toile. Le mystère de la blogueuse qui monte.* Des vidéos attestent que plusieurs émissions de télé en ont même parlé.

Des journalistes remplissent régulièrement le formulaire de contact pour tenter de lever le mystère et obtenir une interview en exclusivité, mais elle ne répond pas. Son anonymat, elle y tient. C'est ce qui lui permet ce ton débridé et cette liberté. Elle serait beaucoup moins à l'aise en sachant que son père la lit…

Après chaque escale, Camille raconte sa conquête du jour et l'illustre avec un dessin. Aujourd'hui, c'est au tour de Joshua, l'Australien abordé à Melbourne. Il était pas mal, Joshua, avec ses cheveux blonds et son torse dessiné. Il embrassait bien, il faisait sans doute tout bien, mais elle avait la tête ailleurs. À Auckland. Comme à chaque rencontre depuis cette escale-là. Même Julien a presque disparu de sa mémoire. Ça lui passera. Tomber amoureuse n'est pas prévu dans son planning.

Elle aspire une longue bouffée sur sa cigarette, crache la fumée et tape sur son clavier. *J. avait un torse comme on n'en croise que dans Photoshop…*

Anne, assise sur le sofa, un masque hydratant posé sur le visage, relit ses vieux SMS. Elle en connaît chaque syllabe, mais ça a quelque chose de réconfortant de replonger dans cette période où tout allait bien.

Avec Dominique, ils avaient pour tradition de s'écrire un petit mot chaque jour. *Bonne journée, mon amour. Tu me manques déjà. Je t'aime. Moi plus. Non, MOI PLUS…* Ça avait commencé sur des carnets, puis des Post-it avaient pris le relais. Un tiroir en était rempli. Depuis quelques années, c'était sur des écrans tactiles que leur amour s'écrivait. C'était devenu une habitude, comme se brosser les dents ou avaler le café. La journée commençait avec un SMS.

Anne n'avait pas réalisé à quel point c'était précieux. Aujourd'hui, elle donnerait tout pour voir son nom s'afficher sur son écran. Mais c'est un espoir vain.

Elle est quasiment arrivée au terme du plan de Marie. Onze cartes postales ont déjà été envoyées, le message sera bientôt complet. Il l'a forcément compris. Au dos de chaque carte postale, Anne a tracé une lettre. Un «V», un «E», un «U», un «X», un «T», un «U», un «M», un «E», un «P», un «O», un «U». Plus que trois lettres et un point d'interrogation, et la demande en mariage sera complète. S'il n'a pas répondu, c'est qu'il n'est pas intéressé, point barre. Il serait temps d'arrêter de s'accrocher et de tourner la page. Anne sélectionne le premier message et s'apprête à l'envoyer dans la corbeille lorsque son téléphone sonne.

Quelques minutes plus tard, elle se précipite dans le couloir, passe prendre Camille dans sa cabine et se dirige vers celle de Marie.

46

— Qu'est-ce que tu t'es mis sur la tronche ?

Camille observe Anne avec circonspection. Cette dernière touche son visage et regarde ses doigts pleins de crème.

— Ah ! zut, j'ai oublié de rincer mon masque !

— Fais gaffe, tu vas perdre vingt ans ! dit Marie. Je vous fais un café ?

Anne affiche un sourire énigmatique.

— Je pense qu'on peut plutôt sortir le champagne…

— Hein ?

— Je viens d'avoir Muriel au téléphone.

— Raconte ! s'écrie Camille.

Muriel a reçu les modèles que Marie lui a envoyés. Elle a ainsi pu juger la qualité des tricots. Avec son équipe, ils se sont réunis pour découvrir les motifs dessinés par Camille. Résultat : ils ont adoré. Les tricots, les visuels, les deux ensemble. Ils ont donc fait un test en situation réelle. Des photos des produits, et les visuels ont été mis en ligne sur le site, ainsi qu'un descriptif. Un prix a été fixé, les précommandes ont été ouvertes. Les clients pouvaient choisir un modèle, sa couleur, sa taille, puis le motif qu'ils souhaitaient voir dessus. Il serait tricoté à la demande.

— Et ? demande Marie en trépignant.

— Et ils n'ont même pas eu le temps de lancer la pub.

Le bouche à oreille a été incroyable, les réservations ont afflué. Ils n'avaient pas vu un tel engouement depuis le lancement des colliers personnalisés avec le mot de son choix.

Face à ce succès, Muriel est à la limite de l'hystérie. Elle veut absolument que Marie signe un contrat d'exclusivité et que Camille s'occupe de tous les visuels. Elle discutera des modalités avec elles, mais Marie devrait facilement en tirer l'équivalent d'un bon salaire, et Camille touchera un pourcentage qui arrondira ses fins de mois.

Marie se jette dans les bras d'Anne et l'étreint, avant de reculer brusquement, les cheveux pleins de crème.

Camille est littéralement pliée en deux.

— Je pense que je vais me pisser dessus.

— Si tu pouvais éviter mon lit, répond Marie en se marrant, ça m'arrangerait.

Elle se dirige vers le bureau, prend les tricots qui y sont posés et les tend aux deux autres.

— Je voulais attendre la fin de la croisière pour vous les offrir, mais je crois que c'est le bon moment. Je viens juste de les terminer. Voilà, les filles, c'est pour vous.

Elles prennent les ouvrages. Anne a les larmes aux yeux ; Camille déplie la robe et l'inspecte.

— Ça tombe bien : je me disais justement que j'avais rien pour sortir les poubelles…

— Bonne référence ! dit Marie en riant. Ça te plaît ?

— Grave. Si t'étais un mec, je te roulerais une pelle. Je suis très touchée, en vrai.

— Bon, je suis contente alors. Allez, on va se la faire, cette coupe ? Je vous rappelle qu'on sera bientôt riches !

Quelques bulles plus tard, les trois femmes ont choisi un nom de marque pour les tricots. Ce sera MANACA. Les deux premières lettres de chacun de leurs prénoms.

47

En accostant à Singapour, les passagers du *Felicità* n'ont qu'une hâte : toucher terre. La mer a été très agitée ces derniers jours, des creux de plusieurs mètres faisant valser objets et personnes. Tous se précipitent vers la sortie. Camille lève les yeux au ciel.

— On dirait un premier jour de soldes. Les gens sont fous !

— On ferait mieux de les laisser passer. On sortira tranquillement après, propose Anne.

— Bonne idée, répond Marie. Eh, les filles, regardez qui est dans l'ascenseur !

Dans la cage vitrée qui descend lentement, Angélique et Yanis sont en pleine discussion. Lorsque les portes s'ouvrent, Milou fait signe à la jeune femme de sortir la première. Elle lui laisse la priorité, il insiste, puis ils finissent par sortir tous les deux en même temps et se mettent à rire lorsque leurs mains se frôlent. Au moment où il passe devant elle, le jeune homme n'accorde même pas un regard à Camille.

— Eh ben, il m'a vite oubliée !

Le paquebot reste deux jours à Singapour. Pour en voir un maximum en un minimum de temps, les trois femmes ont opté pour le tour panoramique. En bus, à pied et en bateau, elles visiteront les incontournables de la ville.

Le bus n'est pas tout à fait plein. Anne et Camille, fidèles à leur habitude, se dirigent vers la banquette du fond. Sans surprise, Loïc est assis côté allée centrale, jambes tendues, guide entre les mains, sac sur le siège voisin. Un afflux de sang brûle les joues de Marie.

Elle s'arrête à sa hauteur et lui touche l'épaule. Il lâche un large sourire en la voyant et retire son sac pour lui laisser la place. Anne et Camille imitent la tourterelle en les observant.

Marie s'assoit.

— Ça va ?

— Oui, et toi ? répond-il.

— Ça va. Il fait chaud, non ?

— Oui, j'espère qu'il y a la clim dans le bus.

De mieux en mieux. Une conversation digne d'un salon de coiffure.

Une fois le bus lancé, la voix du guide résonne dans l'habitacle. Loïc se racle la gorge.

— Il faudrait qu'on parle de la dernière fois.

Marie arrête de respirer.

— D'accord. Je t'écoute.

— Je voulais savoir si tu ne m'en voulais pas trop ?

— Pas du tout. De quoi je pourrais t'en vouloir ? Et toi, tu m'en veux ?

— Mais non ! On a eu peur, c'est notre instinct qui a parlé, murmure-t-il. On n'a pas à culpabiliser.

— J'ai voulu venir te voir plusieurs fois depuis, mais je n'ai pas osé.

— Pareil.

Le silence retombe. De l'autre côté de la vitre, Singapour déroule ses paysages. Le bus s'arrête parfois pour laisser les passagers s'imprégner de l'aura du lieu. Une balade sur l'île de Sentosa, des photos à Little India, un pique-nique à Merlion Park, une visite du jardin des orchidées… La cité souveraine offre ses cadeaux au fil de la journée.

À chaque retour dans le bus, Marie reprend sa place aux côtés de Loïc. Ils échangent leurs impressions et quelques banalités avant de se concentrer sur l'extérieur.

Il ne reste plus qu'une visite, celle d'un gigantesque centre commercial comme il n'en existe qu'à Singapour. Le bus s'engage sur le parking, et les passagers commencent à rassembler leurs affaires et à se lever. Marie observe le bâtiment au design futuriste en se demandant si elle va y trouver un cadeau pour ses filles lorsqu'elle sent la main de Loïc glisser sur la sienne. Elle retient son souffle. Il n'a pas dû faire exprès ; il va vite retirer sa main… Une seconde… Deux secondes… Trois secondes… Il ne retire pas sa main. Alors, les yeux toujours posés sur le bâtiment, elle relève ses doigts et les entrelace aux siens.

48

Il est plus de minuit lorsque Morphée atteint la cabine de Marie. Dans son rêve, elle roule autour d'un rond-point et n'arrive pas à se décider quant à la sortie à emprunter. Autour d'elle, les voitures klaxonnent, elle doit vite faire un choix. Mais elle n'y arrive pas. Elle s'apprête à s'engager dans une voie dont elle ne voit pas le nom lorsqu'un petit coup frappé à la porte la réveille.

C'est Loïc.

— Viens, chuchote-t-il.

Elle tire sur son tee-shirt pour l'allonger.

— Où ?

— Prends un maillot de bain, enfile quelque chose et viens. Fais-moi confiance.

L'air est encore chaud dans les rues de Singapour. Les sièges du taxi sont imprégnés d'encens, les lumières défilent à travers la vitre. Lorsque la voiture s'arrête le long d'un trottoir, Marie se tourne vers Loïc en riant.

— T'es complètement barge !

— Ose me dire que tu n'avais pas envie de venir ici, répond-il en l'entraînant vers l'entrée du bâtiment.

Elle ne peut pas lui dire ça. Le Marina Bay Sands est l'une des attractions incontournables de Singapour. Composé de trois gratte-ciel de cinquante-cinq étages, ce complexe hôtelier surplombe la baie. Mais s'il est connu dans le monde entier, c'est pour sa terrasse et sa piscine à débordement longues de plus de cent cinquante mètres, posées à cheval sur le toit des trois immeubles. Marie rêvait d'aller s'y plonger, mais elle était persuadée qu'il était impossible d'accéder à la terrasse sans séjourner à l'hôtel. Apparemment, elle se trompait. Loïc ne lui lâche pas la main jusqu'au dernier étage.

À près de deux cents mètres de hauteur, allongés sur des transats, cocktail à la main, Marie et Loïc admirent la vue. La ville s'est parée de ses habits de lumière, les gratte-ciel se reflètent dans l'eau, les feux des voitures forment un ballet féerique.

— Merci, souffle Marie. Je n'oublierai jamais ce moment.

— J'en mourais d'envie aussi, alors je me suis arrangé avec le responsable de communication de l'hôtel. Mon métier a de nombreux avantages…

— J'en reviens pas ! Tu réalises où on est ?

— Et encore, t'as pas vu le meilleur. Viens !

Loïc se lève et lui prend la main avant de l'entraîner vers la piscine. La température est parfaite. Marie fait quelques brasses et s'accoude au rebord. Il la suit et se poste à côté d'elle. La vue est encore plus impressionnante d'ici.

C'est irréel. Elle est là, en train de flotter au-dessus du monde, face à un spectacle exceptionnel. Une bouffée de bonheur l'envahit. Elle tourne la tête vers Loïc ; il est en train de la fixer. Il ne dit rien, il ne sourit pas. Il regarde ses yeux, sa bouche, en silence. C'est gênant, un peu. Excitant, terriblement. Elle soutient son regard.

Ils se dévisagent pendant de longues secondes, sans bouger. Un peu parce qu'ils hésitent, un peu parce que c'est le meilleur moment. Marie ferme les yeux. Elle sent des fourmis dans son bas-ventre. Le souffle de Loïc s'approche, lentement, très lentement. Ses lèvres effleurent les siennes, légèrement, tendrement, puis plus fermement. Elle entrouvre la bouche, leurs langues se trouvent. Un baiser comme dans sa « boîte à guimauve ». Loïc colle son corps contre le sien, glisse la main dans ses cheveux et lui caresse la nuque. Sa bouche descend le long de son cou, son souffle se fait plus rapide. Elle s'agrippe à sa taille et presse les doigts contre sa peau. Elle a envie d'enrouler ses jambes autour de lui, de lui enlever son maillot de bain, qu'il soulage ce désir animal qui envahit son ventre. Mais ils sont dans un lieu public ; alors ils se contentent de s'embrasser encore et encore en savourant cette envie qu'ils pensaient ne plus jamais éprouver.

C'est au petit matin qu'ils regagnent le paquebot, les cheveux mouillés et leurs maillots de bain dans la main. Ils se sont donné un dernier baiser avant de descendre du taxi, à l'abri des regards. Sur le paquebot, ils n'afficheront aucun signe extérieur de relation. Ils ont presque atteint les ascenseurs lorsque Arnold interpelle Marie.

— Bonjour, madame Deschamps. Nous avons reçu un appel d'un monsieur qui prétend être votre mari. Il a insisté pour que vous le rappeliez.

49

Marie avait oublié le numéro de Rodolphe. Elle a dû aller demander à l'accueil s'ils l'avaient noté. Ils l'avaient. Elle tremble un peu en composant le numéro. Son «Allô» résonne avant même que la première sonnerie ait retenti.

— Rodolphe, bonjour, c'est Marie.

— Oh! ma chérie! Je suis content que tu m'appelles...

— J'ai emprunté le téléphone d'une amie. Je ne peux pas rester longtemps. Tu m'as appelée?

— Oui, je voulais qu'on discute, dit-il en sanglotant. Je t'aime, Marie. Tu ne peux pas me laisser, je suis ton mari.

Rodolphe ne pleure jamais. La dernière fois que c'est arrivé, c'était à la mort de son père il y a quinze ans. Elle est touchée.

— Je suis désolée, Rodolphe. Je ne pensais pas que ça te ferait souffrir... J'aurais dû faire les choses autrement, te ménager. Mais j'ai essayé de te parler plusieurs fois et tu ne m'écoutais pas...

— Mais si, je t'écoutais! la coupe-t-il. Mais je ne comprends vraiment pas de quoi tu te plains. Tu as une vie de princesse avec moi. Tu ne travailles pas, tu peux acheter ce que tu veux. J'en connais beaucoup qui aimeraient être à ta place.

Marie serre les dents. Il a l'air malheureux ; ça ne sert à rien d'être méchante.

— C'est juste que ça ne me convenait plus. Je n'étais plus heureuse, je ne reviendrai pas. Je ne voulais pas te faire de mal, je suis désolée.

— T'as quelqu'un d'autre, c'est ça ? crache-t-il.

Les sanglots ont brusquement disparu. Ça, c'est le Rodolphe qu'elle connaît.

— Pas du tout, répond-elle calmement. Je ne t'ai jamais trompé, moi.

Il rit fort.

— Arrête, menteuse. Tu serais pas partie sans un autre mec. T'as pas les couilles. J'ai fouillé tes affaires, mais j'ai rien trouvé. C'est qui ? Je le connais ?

— Rodolphe, tu es ridicule. Je n'ai personne d'autre et tu le sais très bien.

— Et ça ne te dérange pas de me faire passer pour un con ? Madame se dore la pilule à l'autre bout du monde pendant que je trime comme un naze. Elle est belle, la famille modèle ! J'imagine même pas ce que les gens disent…

Marie soupire.

— Tu me fais chier. La famille modèle, c'est toi qui l'as bousillée en allant tremper ta queue dans tout ce qui bougeait. Ne cherche pas à me faire culpabiliser, tu n'y arriveras pas.

— Ça, c'est sûr, dit-il en ricanant. T'es capable d'abandonner tes filles, t'es pas du genre à culpabiliser.

— …

— T'as bien réfléchi ? poursuit-il. Tu ne reviendras pas sur ta décision ?

— J'ai bien réfléchi.

— OK. Je te préviens : tu n'auras plus un centime de moi. Tu ne me dépouilleras pas. Profite bien de mon pognon et trouve-toi un autre connard à plumer.

— Je vais te laisser, Rodolphe. Tu deviens franchement désagréable.

— Marie, je t'en supplie, ne fais pas ça ! reprend-il en pleurant bruyamment.

— Au revoir, Rodolphe.

En allant rendre son téléphone à Anne, Marie rumine. Il a presque failli l'avoir ; il est très fort. Il a tout tenté : pitié, menaces, culpabilisation. Il s'en remettra vite. C'est son orgueil qui est blessé. Sa marionnette a coupé ses fils, c'est rageant, mais il s'en trouvera une autre.

Ses deux amies l'attendent autour d'une tasse de thé dans la cabine d'Anne.

— Ça va aller ?

— Oui, merci, les filles, répond Marie en se laissant tomber sur le sofa. Je pense que, maintenant, les choses sont claires. Ce serait bien de connaître l'avenir d'une relation avant de s'engager…

— Tu m'étonnes, dit Camille. Ça éviterait de perdre du temps.

— Je ne crois pas, répond Anne. Je ne regrette aucune seconde passée avec Dominique, même si je souffre aujourd'hui. Et je crois que, même si j'avais connu la fin, ça ne m'aurait pas empêchée de tomber folle amoureuse de lui le jour de notre rencontre. Je vous ai déjà raconté notre rencontre ?

C'était au mariage de sa cousine Faustine. Elle était son témoin, Dominique était celui du marié. Elle n'avait pas tellement fait attention à lui jusqu'au moment d'apporter les alliances aux mariés. C'était à elle de s'en charger. Lorsque le prêtre les lui a demandées, elle a réalisé qu'elle les avait oubliées. Tout le monde s'est mis à paniquer, Faustine essayait de retenir ses larmes, les invités se regardaient en haussant les sourcils, Anne était tétanisée. Tout à coup, ce grand brun s'est levé, a arraché deux des rubans blancs qui ornaient les chaises et les a noués de manière à former un anneau. Les mariés n'avaient plus qu'à se les passer au doigt. Dominique s'est transformé en héros, surtout à ses yeux à elle. Même si elle avait connu la chute, elle aurait plongé dans cette histoire.

— T'es une incorrigible romantique, dit Camille avec les yeux humides. Ça fait rêver.

Marie sourit.

— Fais gaffe, Camille, t'es en train de changer !

— Je ne vois pas du tout de quoi tu parles, répond-elle en fronçant les sourcils. Raconte-nous plutôt pourquoi t'as des cernes jusqu'au menton, toi.

— Peut-être parce que j'ai passé la nuit avec Loïc…

— Non ? répondent les deux autres en chœur.

— Si, répond-elle avec un sourire mystérieux. Vous allez me détester, mais je ne tiens plus debout. Je vais faire une petite sieste et je vous raconte tout ça après.

Anne se lève d'un bond et se poste devant la porte de la cabine.

— Il est hors de question que vous sortiez d'ici sans nous avoir raconté tous les détails, mademoiselle la cachottière.

— Bon, OK… Je peux avoir un café ?

Anne et Camille sont assises face à Marie et ne la quittent pas des yeux.

— Et, donc, il m'a embrassée.

— Embrassée comment? demande Camille. Sur le front, avec la langue, sur la joue? On veut des détails, on t'a dit!

Marie glousse.

— Avec la langue, sans la langue, sur les lèvres, dans le cou, sur les joues, le menton, le front, la nuque. Il m'a mordillé la peau, il a pressé son corps contre le mien, il m'a caressé les fesses, il a…

— Ça va, ça va! la coupe Anne en riant. Je crois qu'on en a assez! Dis donc, pas mal pour quelqu'un qui ne voulait plus jamais se mettre en couple…

Marie porte la tasse à ses lèvres et avale une gorgée.

— Je sais… Je suis un peu perdue. J'avais pas du tout prévu ça. Mais c'est pas sérieux, c'est juste comme ça.

C'est ce qu'elle se dit pour se rassurer. Ça ne peut pas être sérieux. Elle a résisté, elle s'était promis de ne plus se laisser approcher par un homme, surtout pas si tôt après avoir quitté son mari. Elle avait besoin de se retrouver, elle, toute seule. C'est pour ça qu'elle est partie. Elle n'avait pas envisagé de rencontrer quelqu'un avec qui elle aimerait passer du temps, qui la comprendrait, avec qui elle se sentirait importante. Mais c'est arrivé. Elle a essayé de se persuader qu'il n'y avait aucune arrière-pensée dans leurs échanges. Ça n'a pas suffi. Elle s'est quand même embarquée dans cette histoire.

— C'est juste une petite histoire sans conséquence, poursuit-elle. Pas de sentiments, pas de projets. On prend juste un peu de plaisir ensemble. C'est tout.

Anne et Camille se regardent et lèvent les yeux au ciel.

— Bien sûr, dit Camille. Genre tu vas nous faire gober que tu ne ressens absolument rien pour lui…

— Absolument rien. J'aime discuter avec lui, c'est tout. Il est vraiment sympa.

— Sympa…, fait Anne. Et quand il a posé les mains sur tes fesses, tu t'es juste dit qu'il était sympa ?

Camille ricane.

— Je pense plutôt que t'as fait déborder la piscine, hein !

Marie rougit et se met à rire.

— Forcément, ça m'a fait des trucs. Mais ça n'ira pas plus loin, c'est certain. Je l'aime bien, c'est vrai, mais j'ai quarante ans, je sais contrôler mes sentiments.

Elle ne sait pas encore comment vont se passer leurs prochaines rencontres. Est-ce qu'ils feront comme si rien ne s'était passé ? Est-ce qu'ils se verront en cachette ? Tout ça reste flou. Le mieux est encore de laisser faire les choses selon ses envies. Elle sait ce qu'elle veut, surtout ce qu'elle ne veut pas. Ce ne sont pas quelques bisous dans une piscine qui vont la faire renoncer à ses projets. Même si c'était plutôt agréable.

— Bon, je vais me coucher maintenant, dit-elle en se levant. Vous gardez ça pour vous, hein ?

— Tu peux nous faire confiance, répond Anne. Ça ne sortira pas d'ici.

Camille se lève et ouvre la couette.

— Nous, on dira rien. Mais je suis pas sûre qu'on puisse faire confiance à Doudou…

Sur le lit, le chien en peluche rose est vautré, les quatre pattes en l'air. Les trois amies se mettent à rire. Marie ouvre la porte et fait un signe aux deux autres.

— Allez, repose-toi bien ! dit Anne. On va sans doute passer l'après-midi à la piscine, si tu veux nous rejoindre en te réveillant.

— OK, à tout à l'heure, les filles !

— À tout à l'heure, répond Camille. Et ne gémis pas trop pendant ton sommeil !

51

Il reste un mois avant le retour en France. Ce matin, Marie est nostalgique. C'est bientôt terminé. Elle a du mal à gérer la fin d'un paquet de chips, alors celle de la croisière… Sortir de cette parenthèse sera difficile. Elle est partie pour se retrouver ; à l'autre bout du monde, elle s'est rencontrée. Et puis, il y a Anne et Camille, ses amies. Marianne, Georges, Angélique, Arnold, même Francesca, autant de personnes qui font désormais partie de son quotidien. Ne plus les voir sera difficile. Et il y a Loïc. Loïc qui a glissé une lettre sous sa porte hier soir, terminée par des mots qui lui ont fait des guilis dans le ventre. *Je t'embrasse.*

Elle rêvasse sur le balcon quand on frappe à la porte. C'est Anne.

— Camille m'a envoyé un SMS : elle veut nous parler. Elle nous attend dans sa cabine.

Assise sur son lit, son ordinateur ouvert sur les genoux, Camille a la mine défaite.

— Je sais pas par quoi commencer. J'ai deux choses à vous dire.

Marie et Anne s'assoient au pied du lit.

— On a le temps, on t'écoute.

— Bon. Je vous ai dit que je tenais un blog...

— Oui, tu nous en as fait lire quelques billets, répond Marie.

David, le meilleur ami de Camille, l'a appelée ce matin. Il parlait fort, sans s'arrêter. Elle a eu du mal à comprendre ce qu'il disait. Et puis, elle a saisi. Le mystère de son blog a été percé.

Depuis le début, elle prend soin de ne pas laisser trop d'indices permettant de l'identifier. Elle ne donne pas le nom des villes, n'a jamais mentionné la croisière et nomme ses conquêtes par des initiales. Elle-même a un pseudo et ne révèle rien sur son passé ou son physique. Elle tient à son anonymat. Une fille qui cumule les conquêtes et les raconte sans censure, c'est mal vu. Mais quelqu'un en a décidé autrement.

Dans le magazine *ELLE* sorti aujourd'hui, une double page lui est consacrée : *Exclu : voici Camille, celle qui se cache derrière le blog « Le tour du monde en 80 mecs ».* Il y a des extraits, son nom, et surtout des photos d'elle en action. Camille dans les bras d'Eddie, Camille allongée sous Eduardo à la plage, Camille main dans la main avec Jean-Luc, Camille en train d'embrasser Mike.

— Mais c'est impossible ! s'écrie Anne.

— Comment ils ont pu avoir ces photos ? demande Marie. Comment ils ont pu savoir qui tu étais ?

Camille secoue la tête.

— J'en sais rien. Mais les faits sont là. Je suis découverte, et tout le monde en parle. C'est limite devenu l'événement du jour. Regardez ça.

Marie et Anne s'approchent de l'écran. Camille fait défiler les photos, les commentaires, les articles. Elle est partout, sous toutes les plumes, sous tous les angles. L'article de *ELLE* est repris partout, des captures d'écran des photos se partagent sur les réseaux sociaux. Un site d'information a même diffusé des clichés d'elle avant sa transformation physique et une interview d'Arnaud, son ex : «J'ai toujours su qu'elle était bizarre», confie-t-il juste avant de parler du cabinet de courtage qu'il vient d'ouvrir.

Marie lui caresse l'épaule.

— Ça va aller, ma puce ?

— Ouais, ça va. Mon téléphone arrête pas de sonner, mais je vais gérer. Après tout, j'ai tué personne, hein ? Faut juste que je prenne un peu de temps avant d'écouter le message de mon père. J'ai pas osé lui répondre.

Anne se lève et se dirige vers la machine à café. Elle a rarement été plus en colère.

— Celui qui a fait ça est un porc. Tu devrais porter plainte. Ils n'ont pas le droit de t'afficher sans ton consentement, c'est interdit !

— Je sais pas. Je crois que je préfère passer à autre chose et éviter les remous. Ça va bien finir par se tasser. Ils vont passer à autre chose.

— Tu fais comme tu veux, on te soutient, dit Marie.

— Bon, c'est pas tout. J'ai reçu un SMS de Julien, qui me dit qu'il est déçu. Il ne pensait pas ça de moi. Il me prenait pour une fille bien.

— Oh non ! s'écrie Anne. Ma pauvre, c'est terrible…

— Pas tant que ça, répond Camille. Justement, c'est le deuxième truc que je voulais vous dire. Son message ne m'a fait ni chaud ni froid. Rien, pas un pincement au cœur, pas de honte, rien du tout. Je m'en tape.

Marie et Anne se jettent un regard perplexe.

— D'ailleurs, poursuit-elle, aucun mec ne me fait plus rien. J'ai même failli vomir en embrassant Ethan à Singapour. Pourtant, je peux vous dire qu'il était gaulé.

— Qu'est-ce qui t'arrive? demande Marie. T'es malade?

— Non, pire. Je crois que je suis amoureuse. J'arrive pas à me sortir William de la tête. Je pense à lui tout le temps. C'était tellement simple quand on était ensemble, comme une évidence…

— Aïe! fait Anne. C'est compliqué, il vit à l'autre bout du monde! C'est peut-être juste un coup de cœur?

— Sans doute. De toute manière, va falloir que ça passe, c'est complètement débile. Enfin voilà, fallait que je vous raconte tout ça. C'est ce qu'on appelle une bonne grosse journée de merde.

Marie se lève et tire Camille par la main.

— Il n'est même pas midi, un peu tôt pour baisser les bras. Allez, debout! On va faire en sorte de changer le cours de cette journée.

Camille se laisse entraîner et se retrouve debout.

— Heureusement que vous êtes là!

Sans ses amies, elle aurait sans doute passé la journée au lit à ruminer. C'est fou, les liens qui se sont créés en deux mois. Marie et Anne sont devenues plus importantes que ses amis de Bordeaux. Marie est une sorte de grande sœur, et Anne lui rappelle sa mère.

— Ouais, on s'est bien trouvées! répond Marie.

Le premier jour, quand elle a rencontré cette femme affolée dans l'avion et cette nymphomane au dîner, elle n'aurait jamais pensé qu'une telle amitié se créerait. Pourtant, aujourd'hui, Anne et Camille sont devenues des personnages principaux de sa vie. Et elle sait que ça ne cessera pas avec le retour en France.

— Une belle équipe ! confirme Anne.

Des copines, elle en a plein. Mais Marie et Camille, ce sont des amies, des vraies. De celles à qui on peut tout dire sans crainte d'être jugée, de celles qui vous acceptent telle que vous êtes, avec bienveillance. Pas besoin de jouer un rôle ; elles l'apprécient telle qu'elle est. Ça tombe bien, elle les apprécie aussi telles qu'elles sont.

Camille se lève en riant, décidée à changer l'humeur de cette journée. Sans se douter que ce sera l'une des dernières ensemble.

52

Le paradis existe, il se trouve à Phuket. Marie, Anne et Camille terminent leur journée sur la plage. Le sable fin glisse entre leurs orteils pendant qu'elles admirent cette eau dont elles pensaient les couleurs inventées par les agences de voyages. Cette étape thaïlandaise a tout du rêve éveillé. Ce matin, Marie et Camille sont montées à dos d'éléphant (pendant qu'Anne prenait des photos en répétant «Oh là là, oh là là, vous me faites peur !»), puis les trois femmes ont assisté à une offrande à Bouddha à Wat Chalong, le temple le plus vénéré de Phuket, avant de naviguer à travers pitons et mangroves jusqu'à des îles enchanteresses.

— Ma collègue m'avait dit que la Thaïlande était merveilleuse, mais je n'imaginais pas à quel point, dit Anne. Je pourrais vivre ici.

— Pareil. Je crois que je n'ai jamais rien vu d'aussi beau, répond Marie. Mais j'ai préféré l'ambiance d'autres villes. Sydney, par exemple.

Camille ricane.

— Ouais, ouais, on sait que t'as aimé Sydney… Surtout le vol en hélico, hein ?

— Je comprends bien, dit Anne en riant. Moi, c'est la première fois que je ressens ça. J'ai l'impression qu'ici, tout pourrait m'arriver.

Après un dernier bain dans l'eau turquoise et un trajet à essayer de se mettre d'accord sur le restaurant où elles mangeront ce soir, les trois femmes descendent du bus. Il est presque l'heure de dîner, les passagers se ruent vers le paquebot.

En approchant de la passerelle, Anne pousse un cri et lâche son sac. Là, à quelques mètres d'elle, un homme se tient debout et la fixe en souriant. Son Dominique.

53

Anne avait tout envisagé.

Elle avait songé à la possibilité que Dominique réintègre leur appartement pendant son absence et l'accueille à son retour comme si rien ne s'était passé.

Elle avait imaginé qu'il l'attendrait à l'aéroport avec une branche de gui sous laquelle il l'embrasserait avec fougue.

Elle commençait à se faire à l'idée qu'il puisse ne pas revenir, que ce soit vraiment terminé.

Les jours où le moral était parti voir ailleurs si elle y était, elle avait même envisagé de lui rendre l'appartement – c'était à lui qu'il revenait – et de finir ses jours dans un minuscule studio avec Doudou.

Mais cette éventualité, non. À aucun moment elle n'avait été assez folle pour espérer voir cette silhouette au pied de son paquebot. Tout son corps accuse le coup. Son cœur essaie de sortir de sa poitrine, ses joues prennent feu et ses jambes se mettent en pilotage automatique.

— Bonjour, Anne, dit-il en la prenant dans ses bras.

Elle y reste de longues secondes, à sentir cette odeur qu'elle aime tant, à serrer fort ce corps qu'elle croyait ne plus jamais serrer. Elle ne sait pas encore pourquoi il est là, mais il n'aurait pas fait un si long voyage pour être désagréable.

— On peut discuter ? demande-t-il en l'entraînant à l'écart de la foule.

Marie et Camille, main dans la main, regardent leur amie s'éloigner vers son avenir. En imitant la tourterelle.

Dominique s'assoit sur un banc à l'entrée du port. Anne l'imite. Pendant plusieurs minutes, chacun prend des nouvelles de l'autre, en surface, sans oser approfondir. Puis Dominique se lance :

— J'ai bien reçu tes cartes.

— Je n'ai pas fini, il en reste quelques-unes.

— Je sais, j'ai compris le message…

Anne sent son cœur battre dans son cou. Elle va faire une crise cardiaque avant de connaître la raison de sa présence ici, elle en est sûre.

— Et ? demande-t-elle.

— Et je ne pouvais pas attendre encore trois semaines pour te donner ma réponse.

Il se lève, sort une petite boîte de la poche de son pantalon et l'ouvre face à Anne. À l'intérieur, un ruban blanc noué en forme de bague est posé sur un coussinet de satin.

— Oui, ma chérie, je veux t'épouser ! dit-il.

La crise cardiaque attendra. Anne se jette dans les bras de son futur mari et se met à hoqueter. Dominique lui caresse le dos et enfouit son visage dans son cou. Depuis le pont supérieur, des jumelles devant les yeux, Marie et Camille font la danse de la joie.

54

Anne et Dominique sont assis sur le banc depuis près de deux heures. Elle lui raconte ses mois sans lui, il lui explique les raisons de son départ.

Il avait toujours pensé qu'ils vieilliraient ensemble. Qu'un jour ils se donneraient la soupe à la petite cuillère en se remémorant leurs jours heureux. Et puis il a eu besoin d'elle, elle ne l'a pas soutenu, et ses certitudes ont été remuées.

Lorsqu'elle lui a avoué sa soirée avec son collègue, il n'a pas supporté. Il fallait qu'il soit sûr de vouloir terminer ses jours avec elle. Et il fallait qu'elle en soit sûre aussi. Alors, il s'est isolé pour réfléchir à tout ça. Pour s'assurer qu'ils ne se berçaient pas d'illusions, que les sentiments avaient toujours un rôle plus important que les habitudes. S'ils ne se manquaient pas, leur histoire s'arrêterait pour de bon. Dominique avait la phobie du mensonge, il ne pouvait pas vivre avec lui.

Elle lui a manqué dès les premières heures. Il a tenu bon pour aller au bout de sa remise en question. Il n'a pas répondu à ses appels, a effacé ses SMS avant de les lire, n'a jamais écouté ses messages, encore moins ouvert les enveloppes qu'il recevait régulièrement. Il se sevrait.

Et puis, il a su. Il était en ligne avec un fidèle client américain qui venait de perdre sa femme dans un accident de voiture. L'homme lui a confié sa douleur, le vide qui avait pris toute la place dans son ventre. Mais ce que Dominique a surtout entendu, ce sont ses regrets. Sans s'en rendre compte, son client avait perdu beaucoup de temps. Plein de minutes qu'il aurait pu passer avec Lindsay, mais qu'il avait consacrées à autre chose, parce qu'il n'avait pas réalisé que ça s'arrêterait vraiment un jour. Il aurait tout donné en échange d'une seule minute supplémentaire avec sa femme.

Dominique l'a écouté en silence. Puis le client lui a posé une question. Connaissait-il cet amour-là, celui qui donnait la certitude de vouloir passer chaque seconde de sa vie avec la même personne ? Il n'a pas réfléchi avant de répondre oui. C'était hier.

Après avoir raccroché, il a fait annuler tous ses rendez-vous professionnels et foncé à leur appartement pour retrouver Anne. Les volets étaient fermés, le chat absent, et le courrier amoncelé sur la console de l'entrée. La voisine l'a renseigné sans trop de difficultés.

Anne était partie en croisière autour du monde ; elle l'avait eue au téléphone quelques jours plus tôt, elle allait atteindre la Thaïlande. Il est rentré chez lui et a ouvert toutes les enveloppes. Il a mis un moment à mettre les cartes dans l'ordre.

Quand le message s'est affiché, il en a pleuré, de rire et d'émotion. Les relevés bancaires et Internet l'ont renseigné sur la croisière. Il n'avait plus qu'à réserver un vol pour Phuket et trouver un ruban blanc.

Anne a abandonné tout contrôle. Elle passe du rire aux larmes sans transition aucune.

— Je suis tellement heureuse, mon amour…, dit-elle en admirant le ruban autour de son annulaire.

— Moi aussi. Je suis désolé de t'avoir fait souffrir.

— Je te comprends, je ne suis pas toute blanche non plus. Mais oublions le passé, tu es là… J'étais tellement persuadée de ne jamais te revoir ! Quand tu as fait annuler ma carte bancaire, j'ai compris que c'était la fin.

Dominique hausse les sourcils.

— Quoi ? Mais je n'ai jamais fait annuler ta carte !

— Ah bon ? Pourtant, elle a été refusée, je me suis retrouvée sans ressources. J'ai même dû vendre mon camée…

— Je te jure que je n'y suis pour rien ! T'es sûre qu'elle n'est pas arrivée à sa date d'expiration ?

Anne blêmit.

— Je ne crois pas, je m'en serais rendu compte, quand même.

Elle attrape son sac, en sort son portefeuille et tire la carte.

— Alors, expire le… Bon sang, quelle idiote ! Je n'arrive pas à y croire ! Elle est périmée et je n'y ai même pas pensé.

Dominique secoue la tête en souriant.

— Je suis heureux de te retrouver !

— Et moi donc ! Il était temps que tu reviennes dans ma vie !

Marie et Camille sont allongées sur les transats du pont supérieur, en train de fumer. Elles ont dîné sans Anne et ont hâte qu'elle vienne tout leur raconter.

Elle les rejoint et s'assoit au pied du transat de Marie.

— Salut, les filles.

— Aloooors ? demandent-elles en chœur.

— Alors on va se marier !

Les deux amies font mine de ne pas savoir et se lèvent en poussant des petits cris. Anne se lève à son tour et les prend dans ses bras.

— Je suis si heureuse, les filles…

— C'est génial, tu le mérites tellement…, répond Marie.

— Bon, on veut tous les détails ! dit Camille.

Anne leur raconte. Les doutes, le besoin de faire le point, le manque, le client en deuil, le déclic, la demande en mariage, la carte expirée.

Elle n'arrête pas de glousser, elle parle vite, elle est euphorique. Les deux autres suivent ce spectacle en le ponctuant de glapissements, d'applaudissements et de rires. Il est près de minuit lorsque la fatigue se fait sentir. Marie se lève.

— Bon, je vais me coucher. Et demain, on fête ça comme il se doit !

Anne baisse la tête.

— Ce ne sera pas possible…

— Comment ça ? demande Camille.

— Je suis désolée, les filles, mais je vais rester avec Dominique. Ça ne le dérange pas que je termine la croisière, mais on a perdu trop de temps l'un sans l'autre. Le paquebot lève l'ancre demain à l'aube ; il faut que je parte ce soir. On va rester quelques jours à Phuket. Quand je vous disais que je me sentais bien ici...

Marie sent sa gorge se serrer, Camille se mord la lèvre pour ne pas pleurer.

— Tu vas tellement me manquer, dit Marie. Mais c'est une super nouvelle pour toi !

— Et Dominique ne peut pas se cacher dans ta cabine ? demande Camille. Personne ne verra rien ; on lui apportera à manger tous les jours !

Anne se force à rire.

— Non, il faut vraiment que je parte...

55

Marie et Camille aident Anne à remplir ses valises. Marie sourit en pliant le chemisier en lin bleu, le chemisier en lin jaune, le chemisier en lin blanc, le pantalon fluide noir, le pantalon fluide gris, le pantalon fluide beige, le pantalon fluide marine, la robe chasuble bleue, la robe chasuble noire... Camille tente quelques plaisanteries, mais les rires sonnent faux. Le cœur n'y est pas. Elles se reverront, c'est certain, mais ce ne sera plus jamais pareil.

Camille entre dans la salle d'eau et entreprend de rassembler les produits de beauté.

— Bordel, mais c'est Sephora ici ! Huile démaquillante, mousse nettoyante, lotion rafraîchissante, sérum peau mature, crème de jour antirides, crème de nuit réparatrice, contour des yeux rides installées, masque liftant, tenseur cou et ovale du visage... En fait, t'as cent trente ans, avoue !

— Cent quarante-six, très exactement. Mais tu le gardes pour toi, c'est un secret.

— Tu vas trop me manquer, mamie.

Anne sourit et se dirige vers son lit.

— Je vais te laisser un petit souvenir de moi, dit-elle en soulevant la couette. Je n'ai plus besoin de Doudou…

Elle tend la peluche à Camille.

— Il a pour vocation de tenir compagnie à ceux qui sont seuls. Marie a un Breton, toi, t'auras un Doudou.

Marie se met à rire. Camille prend la peluche et la regarde sous tous les angles.

— Il est bien mignon, Doudou, mais est-ce qu'il vibre ?

Sur le quai, les trois amies s'enlacent longuement en se promettant de se revoir au plus vite. C'est Marie qui craque la première. Son menton tremble, elle essaie de le maîtriser, mais les larmes débordent. Quelques minutes plus tard, toutes les trois pleurent comme des petites filles.

Ce soir, l'aventure se transforme en souvenirs. C'était bien.

56

Marie et Camille dînent au restaurant La Amistad, où elles se sont rencontrées. Marianne les accompagne pendant que Georges se repose dans sa cabine. Anne est partie depuis deux jours, mais est toujours dans les conversations.

— Bien sûr que je suis contente pour elle, dit Camille en boulottant du pain. Mais elle me manque, c'est tout.

— À moi aussi, répond Marie, j'aurais pas cru que ce serait si dur. Mais faut se dire qu'elle est heureuse. Et puis, on essaiera de se voir dès que possible !

— Pour vous, ce sera facile. Moi, je suis à Bordeaux ! Enfin c'est pas grave. Le plus important, comme tu dis, c'est que ça se soit arrangé avec Dominique. À son âge, elle aurait galéré pour trouver quelqu'un d'autre.

Marianne hausse les sourcils et pose sa fourchette.

— Dites donc, jeune fille, vous insinuez que l'amour est réservé aux jeunes ?

— Ben, faut pas se leurrer, c'est comme le boulot : c'est plus facile d'en trouver quand on est encore fraîche !

— Sachez, mademoiselle, que l'amour n'a pas d'âge. Si j'avais pensé comme vous, j'aurais le cœur bien sec aujourd'hui. Les rides ne sont pas des barrières aux sentiments. J'ai quatre-vingts ans et je me sens comme une midinette dans les bras de Georges. Le corps change, pas les sentiments.

Marie et Camille la regardent avec émerveillement.

— Je ne vous vends pas du rêve, poursuit la vieille dame, c'est la vérité. Mon Roger et moi, on s'est aimés jusqu'à son dernier souffle. J'espérais qu'on partirait en même temps, mais Dieu en a décidé autrement. J'ai cru que je ne m'en remettrais jamais, je ne vivais que dans l'attente de le rejoindre.

— Vous vous attendiez à rencontrer quelqu'un d'autre ? demande Marie.

— Absolument pas ! Pour tout vous dire, moi aussi, je pensais que ce n'était plus de mon âge. Mais je peux vous garantir une chose : les papillons dans mon ventre sont bien réels. Je sais que mon Roger veille sur moi et qu'il est soulagé de me voir heureuse. Croyez-moi, l'amour peut frapper à tout âge, partout. Même quand on ne l'attend pas. Il serait dommage de lui tourner le dos. Nous allons tous au même endroit ; autant rendre le chemin plus heureux.

Allongée dans son lit en attendant le sommeil, Marie repense aux mots de Marianne. Elle ne veut pas que son cœur devienne sec.

Rodolphe l'a dégoûtée des hommes et des relations amoureuses, il l'a presque persuadée que l'amour était une invention des réalisateurs de comédies romantiques.

Et puis Loïc et sa fossette ont débarqué. Et le papier bulle dans lequel elle avait enroulé son cœur commence à éclater. Elle a beau prétendre le contraire, essayer de le croire vraiment, il se passe quelque chose entre eux.

Elle a chaud. Elle repousse le drap qui la recouvre et descend brusquement du lit. Avant de changer d'avis. Elle enfile une robe légère et des tongs et quitte sa cabine en fermant doucement la porte.

Dans les couloirs, elle n'allume pas et se repère grâce à l'éclairage des sorties de secours. Personne ne doit la voir. Elle longe les murs et prend l'escalier jusqu'au pont B, puis arrive devant la porte 810. Des rires lui parviennent de l'ascenseur ; elle doit se dépêcher. Elle inspire un grand coup et frappe à la porte.

Loïc a les yeux pleins de sommeil et le torse nu. Marie s'engouffre sans dire un mot dans la cabine plongée dans la pénombre. Il ne lui demande rien, il sait. Il se poste face à elle et lui caresse la joue, dessinant un frisson du bout de ses doigts.

Sa main descend lentement sur son épaule et dégage la fine bretelle de la robe. Puis l'autre. Le vêtement glisse aux pieds de Marie.

Il observe son corps en silence, puis l'attire contre lui et plonge son regard dans le sien. Ils se fixent un long moment en écoutant leur respiration s'accélérer, en sentant leur désir monter, puis elle se jette sur sa bouche et l'embrasse avec passion.

Elle presse son corps contre le sien et enfonce les doigts dans son dos.

Doucement, il la retourne face au mur, soulève ses cheveux et lui mordille la nuque en lui caressant les seins. Elle se cambre, sent ses jambes flageoler, puis se dirige vers le lit.

Il l'allonge sur le ventre et parcourt son dos de ses lèvres tandis que sa main remonte entre ses cuisses. Elle enfonce son visage dans la couette et gémit lorsqu'il fait glisser sa culotte sur ses hanches.

57

Un silence pesant flotte dans la cabine d'Angélique. Marie et elle observent la scène incongrue qui se déroule devant elles. Yanis est assis sur le sofa, la tête baissée, tandis que Camille est debout face à lui, les bras croisés.

— J'attends, fulmine-t-elle.

La journée avait bien commencé. La température ayant sensiblement baissé à l'approche de Dubai, Marie et Camille avaient décidé de tester la salle de sport. C'est en regagnant leurs cabines qu'elles ont croisé Angélique qui sortait de la sienne, de l'autre côté du couloir.

Après un échange de banalités, elle a remercié les deux femmes d'avoir un peu forcé son rapprochement avec Yanis. Elle avait des paillettes dans les yeux en prononçant son prénom ; les deux femmes se félicitaient d'en être un peu à l'origine.

Et puis elle a lâché une information qui a provoqué une décharge d'électricité dans le corps de Camille.

— Je compte sur votre discrétion, mais on s'entend vraiment bien. On a les mêmes centres d'intérêt… et il est vraiment gentil. Je l'aime beaucoup.

— Tant mieux ! a dit Marie. Vous allez vous revoir ?

— Je ne sais pas, je ne fais pas de projets. Il travaille à Paris, et moi je suis à Toulouse…

— Il peut peut-être se faire muter, a dit Camille. Il fait quoi comme boulot ?

Angélique a levé la tête, apparemment très fière.

— Il est journaliste au magazine *ELLE*.

Penchée au-dessus de Yanis, Camille ne décolère pas.

— Avoue, ça sert à rien de mentir. Je sais que c'est toi qui es à l'origine de ce torchon !

Il pousse un long soupir.

— OK, j'avoue.

— Mais pourquoi t'as fait ça, putain ? hurle-t-elle. Tu te rends compte des conséquences sur ma vie ?

— Non, je n'ai pas réfléchi à ça. J'ai juste fait mon boulot.

— Je suis devenue la salope la plus connue de France, mon père reçoit des coups de fil salaces à toute heure, et tout ça parce que t'as fait ton boulot. Il consiste en quoi, exactement ? Détruire la vie des gens ?

Yanis se passe la main dans les cheveux.

— Mais j'y pense ! poursuit-elle. C'est toi qui as visité ma cabine ! Tout s'éclaire !

Il acquiesce de la tête.

— J'ai vu un bon sujet, j'ai foncé. À la base, je suis venu pour faire un papier sur la croisière «Tour du monde en solitaire». Quand mes collègues ont entendu parler de ton blog, ils ont compris qu'on était sur le même bateau. Ils m'ont demandé d'enquêter.

J'ai donc lu ton blog. Tu laissais peu d'indices, mais les dates et les pays coïncidaient. Il fallait juste que je trouve l'auteur parmi les passagers. À Puerto Limon, quand je t'ai vue dans les bras d'un habitant, j'ai eu des doutes. À Cabo San Lucas, avec le soigneur de dauphins, j'ai eu confirmation…

— T'es ignoble ! crie-t-elle. T'as affiché mon intimité et tu ne fais même pas semblant de culpabiliser.

Il secoue la tête.

— Je n'ai pas pensé à tout ça, je suis désolé. Maintenant que tu me le dis, bien sûr que je trouve ça dur. Mais quelqu'un l'aurait découvert à un moment ou à un autre. Tout le monde cherchait à percer le mystère.

— Tout le monde n'a pas de photos de moi en train de rouler des pelles à des inconnus ! Et moi qui ai vraiment cru que tu me suivais partout parce que t'étais amoureux… Petit con… T'as pas du tout vingt ans, en fait ?

— Non, j'en ai vingt-cinq.

Camille s'assoit sur le lit et prend sa tête dans ses mains.

— Je m'excuse, dit Yanis. Sincèrement. Je ne voulais pas te faire de mal. J'ai juste pensé au buzz qu'on pouvait faire avec cette révélation. Pas au reste.

— OK. De toute manière, c'est fait. Ma réputation est foutue. Je peux juste te détester.

— Je peux faire quelque chose pour me rattraper ?

Elle ricane.

— À part trouver une machine à voyager dans le temps et effacer tout ça, je vois pas trop ce que tu peux faire…

Marie s'avance vers Yanis.

— Moi, j'ai envie de te faire manger tes dents une à une, mais je crois que tu peux encore servir. Puisque tu tiens à te racheter, j'ai une petite idée…

— J'ai appelé William.

Camille prend le petit déjeuner avec Marie sur son balcon.

— C'est pas vrai? répond-elle en trempant une tranche de brioche dans son chocolat chaud. Ça t'a pris comme ça?

Camille explique.

C'est la discussion avec Marianne qui l'a décidée. «Nous allons tous au même endroit; autant rendre le chemin plus heureux.» Cette phrase la hantait depuis l'autre soir. Il fallait qu'elle l'appelle. Ça ne mènerait sans doute à rien, mais au moins elle n'aurait pas de regrets.

Dans son téléphone, elle avait enregistré les numéros de toutes ses conquêtes. Elle avait mis un smiley avec des cœurs à la place des yeux à côté du prénom William. Ses mains tremblaient quand elle a lancé l'appel. Peut-être qu'il ne se souviendrait pas d'elle. Peut-être qu'elle le dérangerait.

— Alors? demande Marie.

— Alors il attendait mon appel.

William était dans le même état qu'elle. Il ne parvenait pas à l'oublier, il voulait absolument la retrouver.

Il avait même appelé l'armateur pour essayer d'obtenir son nom. En vain. Tout ce qu'il lui restait d'elle, c'était une photo, son prénom et un dessin qu'elle avait griffonné sur une serviette en papier.

— Il a même envisagé de venir à Bordeaux dans l'espoir de me croiser. C'est un truc de ouf. Je savais qu'il s'était passé quelque chose, mais je ne m'attendais pas à ça ! Je suis sur un nuage…

Marie applaudit en souriant.

— Je suis tellement contente pour toi ! Tu comptes faire quoi ?

— Aucune idée, répond Camille en allumant une cigarette. Je me vois mal tout plaquer pour un mec que je connais à peine. En même temps, je ne me vois pas continuer ma vie comme s'il n'avait pas existé. Je verrai ça à mon retour.

— Oui, voilà, il te reste quelques semaines pour prendre une décision !

— Ouais. Une chose est sûre : les mecs, c'est terminé. Mon vagin est chasse gardée.

— C'est beau, ce que tu dis… Tu devrais écrire des poèmes.

Elles se mettent à rire. Cette croisière est un calendrier de l'avent. Chaque jour, une nouvelle surprise attend derrière la fenêtre. Vivement la prochaine.

La Burj Khalifa est la tour la plus haute du monde. Perchés à près d'un kilomètre du sol, Marie, Camille et les autres membres du groupe admirent l'immensité qui s'étale à trois cent soixante degrés autour d'eux. À leurs pieds, Dubai offre un spectacle saisissant. Au beau milieu des quartiers traditionnels, les buildings font la course vers le ciel, les plus hauts transperçant des nuages sur leur passage. Çà et là, piscines et parcs colorent le beige de la ville de pixels bleus et verts. À quelques kilomètres des côtes flotte le célèbre archipel The World, dont les trente îles artificielles représentent la planète.

Camille décolle ses yeux de la longue-vue.

— Il paraît que Brad Pitt est propriétaire d'une de ces îles, s'esclaffe-t-elle. J'aurais dû demander à George de me le présenter !

— À Pedro, tu veux dire, répond Marie en riant. Bon, je vais descendre, c'est un peu haut pour moi. Anne m'a contaminée, je crois.

— Pareil. On n'arrive même pas à distinguer les immeubles. On dirait un village de fourmis. Je me sens toute petite.

Marie jette un regard à Loïc en passant devant lui ; il lui adresse un clin d'œil. À ses côtés, Francesca ne le lâche pas. Lors des précédentes escales, il est arrivé que Marie l'aperçoive en train de monter dans une voiture de location ou un taxi. Elle en a déduit qu'elle préférait faire cavalier seul. Apparemment, la cavalière cherche maintenant quelqu'un à chevaucher. Un «Prends-moi» tatoué sur le front ne serait pas plus clair. Elle use de tous les stratagèmes pour que sa poitrine se retrouve au niveau des yeux de Loïc, un peu comme les produits les plus rentables dans les rayons des supermarchés. Il fait tout pour lui faire comprendre que le paysage extérieur l'intéresse davantage, mais elle semble avoir décidé qu'il devait succomber. En entrant dans l'ascenseur, Marie sourit. Ce soir, c'est à elle qu'il fera l'amour.

Elle n'est pas de nature jalouse. Avec Rodolphe, elle n'avait aucune raison de l'être. Il détestait les infidèles, il était le premier à vilipender ceux qui cherchaient le plaisir en dehors de leur foyer. C'est ce qu'elle pensait, jusqu'à ce qu'elle découvre que, lui, ce qu'il venait chercher dans son foyer, c'était le repos après le plaisir.

Elle a pleuré les premiers temps, puis ses sentiments se sont évaporés. Sur lui, elle a senti des parfums boisés, fleuris, ambrés, trouvé des cheveux blonds, bruns, courts, longs, frisés, raides, vu des traces de rouges à lèvres irisés, pâles, bruns. Elle a lu des SMS qu'elle aurait aimé recevoir. Elle a entendu des conversations qu'elle aurait aimé ne pas entendre. Elle était lasse, elle était déçue, mais elle n'était plus jalouse. Et elle ne le serait plus jamais.

Dans le bus qui les mène au point de départ du safari dans le désert, Marie s'assoit à côté de Camille, Francesca ayant enjambé Loïc pour s'installer à ses côtés. Camille s'apprête à lâcher une série de jurons lorsque son téléphone vibre. Au bout du fil, la voix d'Anne est enjouée. Les deux femmes collent leur oreille contre le combiné pour ne pas louper un mot.

— Vous me manquez, les filles ! dit Anne en riant.

— Toi aussi ! répond Camille en chuchotant.

— Je vous entends mal. Vous faites quoi ?

— On est dans le bus. On peut pas parler trop fort, murmure Marie. Tu veux nous rappeler plus tard ?

— Non, après, je vais à la plage avec Dominique. Je ne prends pas mon téléphone. Je voulais juste que vous soyez les premières à savoir qu'on se mariera le 14 août à Paris.

— Youhou ! dit Camille.

Marie lui fait signe de parler moins fort. Anne poursuit :

— Et je voulais vous demander si vous accepteriez d'être mes témoins.

— Oui, oui, oui ! crie Marie en se levant d'un coup.

Toutes les têtes se tournent vers elles. Francesca chuchote quelque chose à l'oreille de Loïc, le guide pose son index devant sa bouche et dit «Chut». Camille cache le téléphone sous sa cuisse, et Marie prend un air sérieux. Mais à l'intérieur, elles font des cabrioles.

60

— Je commence à prendre goût à nos rendez-vous clandestins, murmure Loïc.

Allongés dans le lit de Marie, leurs corps nus partiellement recouverts du drap, les amants se remettent de leur dernière étreinte.

Marie a envie de lui répondre qu'elle aussi, elle y prend goût. Beaucoup trop, même. Elle a envie de lui avouer que, le jour, il lui manque, qu'elle attend le soir avec impatience. Mais elle ne le fait pas. Elle lui ferait peur, elle se ferait peur à elle-même. Elle n'a plus quinze ans, elle est très lucide sur leur histoire. C'est une parenthèse, qui durera le temps de la croisière et débarquera en même temps qu'eux.

Elle s'étire et se tourne vers lui.

— Fais gaffe, tu vas devenir accro. Je te préviens, le sevrage est terrible.

Il la serre dans ses bras.

— J'adore passer du temps avec toi…

Marie se retient de répondre. Ne pas dire «Moi aussi», ne pas dire «Moi aussi», ne pas dire «Moi aussi».

— Tout va bien? demande-t-il.

— Très bien, répond-elle en enfouissant le visage dans son cou.

— Je peux te poser une question ?

— Bien sûr.

— Tu culpabilises ?

Elle recule et se met à rire.

— J'ai l'air de culpabiliser ?

— Tant mieux. Je me posais la question. Je suis soulagé.

Elle pourrait culpabiliser. Elle n'a pas respecté la promesse qu'elle s'était faite de ne plus se laisser approcher par un homme. Et puis, techniquement, elle est encore mariée. Mais non. Les choses sont désormais claires avec Rodolphe, et elle se fout de s'être désobéi.

— Et toi, tu culpabilises ?

Elle regrette sa question au moment où elle franchit ses lèvres. Il soupire.

— Un peu. Parfois, j'ai l'impression de tromper Nolwenn. Mais je pense que c'est normal… Je n'avais pas touché une autre femme depuis le jour de notre rencontre.

— Je comprends…

— Mais je sais que je ne fais rien de mal. Et puis, c'est plus fort que moi, je ne peux pas te résister. C'est sans doute pour ça que j'ai été si désagréable au début : je devais sentir le danger.

Elle lui caresse la joue ; il la serre contre lui.

Marianne avait raison, l'autre soir, quand elle affirmait que l'amour était possible à n'importe quel âge. Mais ce n'est pas le même. À vingt ans, l'amour est inconditionnel, irraisonné, passionné. On le croit éternel, on n'imagine pas qu'il puisse s'arrêter. Les certitudes sont vissées au corps, les promesses s'additionnent aux projets. Elle se souvient de sa belle-mère qui lui avait dit, le jour de son mariage, de profiter de cette insouciance qui ne durerait pas. Elle l'avait trouvée bien pessimiste et s'était promis de lui prouver qu'elle avait tort. Elle se gardera bien de faire la même prédiction à ses filles ; pourtant, elle doit admettre que ce n'était pas faux. L'amour à quarante ans est plus réservé qu'à vingt. Plus raisonnable, plus prudent.

Elle préférait avant, quand les limites étaient hors de vue. Elle aimerait pouvoir encore s'abandonner entièrement. «Je te donne tout ce que je sais, ce que je vaux, et tous mes défauts, mes plus belles chances, mes différences», chantait-elle alors à l'oreille de Rodolphe. Aujourd'hui, c'est différent. Elle fait désormais partie du clan de ceux qui savent.

Loïc se lève d'un coup et se dirige vers le balcon. En passant près de la télé, il repère la boîte blanche posée sur le meuble. Le couvercle est mal fermé et laisse entrevoir le contenu.

— Une boîte d'antidépresseurs, hein ? fait-il d'un air solennel.

— Oui, je plaide coupable. Mais je n'en prends qu'en cas de nécessité absolue, je le jure ! répond Marie en levant la main droite.

— J'en connais un qui marche très bien : *Love Actually,* poursuit-il sur le ton de la confidence. Attention, il faut respecter les doses prescrites. Il est très efficace.

— Je le connais bien. Je le prends en cas de rechute profonde.

— Celui qui fonctionne bien sur moi, c'est *Will Hunting*. Aucun effet secondaire, pas trop fort, sourire garanti. Très bon produit.

— Il y en a justement un dans la boîte ! Tu veux qu'on s'en prenne une petite dose ?

— On ne peut pas dire qu'on soit en pleine déprime, mais on ne refuse jamais du *Will Hunting*, dit-il en sortant le DVD de son boîtier pendant que Marie, assise sur le lit, applaudit.

Peut-être n'est-elle pas si vieille que ça, finalement.

Blotti contre Marie face à l'un de ses films préférés, Loïc oublie tout. Même de rester éveillé et de regagner sa cabine discrètement avant le lever du jour.

61

C'est la corne de brume qui tire Marie et Loïc du sommeil. L'animation qu'ils entendent à l'extérieur ne laisse aucun doute : il y a déjà du monde sur le pont. Il va avoir du mal à sortir discrètement. Au lieu de s'en affoler, ils prennent le temps d'émerger tendrement. Un matin à deux, c'est une première.

Marie a bien dormi. Avec son mari, c'était le contraire. Il avait le sommeil léger, et elle n'osait pas bouger de peur de le réveiller et de l'entendre râler. Le matin, quand il se levait, il lui offrait une vue imprenable sur son intimité et filait aux toilettes, dont il laissait la porte ouverte. Il aimait partager, Rodolphe.

Loïc se dégage des bras de Marie et se lève. Il a enfilé son caleçon. Dehors, le port de Mascate accueille le paquebot.

— Viens voir, Marie, c'est superbe ! s'écrie-t-il.

Posé au sommet d'une colline rocheuse, un porte-encens géant domine le port.

Marie enfile le tee-shirt de Loïc et le rejoint sur le balcon.

— Ouais, on dirait une soucoupe volante.

Loïc se met à rire, imité par Marie. Elle se colle dans son dos et passe les bras autour de sa taille. Il continue à rire, trop fort pour que ce soit lié à la remarque de Marie. Toutes ses émotions des dernières semaines s'envolent avec sa voix. Jusqu'au moment où il arrête net. La tête de Francesca vient de passer par-dessus la balustrade. Elle lance un regard entendu au couple avant de disparaître. Ils sont pétrifiés.

— Tu penses qu'elle a vu quelque chose ? demande Marie en chuchotant.

— Ouais. Je pense qu'elle nous a vus tous les deux enlacés et à moitié nus.

Elle retourne dans la cabine et s'assoit sur le lit.

— À part prétexter une caméra cachée, on va avoir du mal à s'en sortir, pas vrai ?

— Y a des chances. Bon, je vais à la douche !

Marie attend quelques minutes pour enlever le tee-shirt et se glisser contre Loïc sous l'eau chaude. Là, au moins, personne ne peut les voir.

62

Camille repart du souk Muttrah les bras chargés de bijoux, vêtements, cendriers et autres objets orientaux. Elle s'est avérée être une redoutable négociatrice.

— Les copains vont être contents, fanfaronne-t-elle. J'ai leurs cadeaux d'anniversaire pour les dix ans à venir !

Marie, bien moins féroce, s'est contentée d'un bracelet gravé pour chacune de ses filles et d'un gros sac en cuir pour ranger tous les cadeaux accumulés depuis le début de la croisière.

— T'as rapporté quelque chose à Julien ?

— Qui est Julien ? demande Camille en riant. Bah, je pense que je le verrai à l'entretien de licenciement. Et je m'en tape !

— C'est ce qu'on appelle l'« effet William ».

— Peut-être bien. Je t'ai dit qu'on s'envoyait des messages toute la journée ? J'ai l'impression qu'on se connaît depuis toujours. Merde, ça sonne dans ma poche. Tiens-moi ça.

Instantanément, Marie se retrouve avec une montagne d'achats sur les bras.

Au téléphone, Anne est dans tous ses états. Muriel l'a appelée : il s'est passé quelque chose de très bizarre.

Hier, d'un coup, les précommandes ont explosé. La boutique a reçu de nombreux appels de journalistes qui voulaient en savoir plus. Elle ne comprend pas ce qui a pu se passer, c'est du jamais-vu. Marie et Camille se sourient. Elles, elles savent.

Yanis avait une dette envers Camille après avoir ruiné sa réputation. Il tenait à se racheter. Marie lui a suggéré d'écrire un article élogieux sur la marque MANACA, ce qu'il a fait. Il est paru dans le numéro de la semaine du magazine *ELLE*. Une page complète est consacrée à ces nouvelles créatrices que tout le monde s'arrache. Des tricots personnalisés avec les visuels de Camille illustrent l'article, qui se termine par l'adresse du site.

— Il va falloir que tu mettes les bouchées doubles, Marie ! poursuit Anne. Mais ne stresse pas : Muriel a adapté le délai de livraison.

Marie glousse d'excitation.

— C'est de la folie ! Je vais peut-être pouvoir vivre de ma passion… J'ai envie de danser de joie !

— Oui, mais non, la coupe Camille. T'as des trucs fragiles dans les bras !

— On s'en fout, on va être riches ! crie Marie en faisant mine de tout envoyer en l'air.

Le rire d'Anne résonne dans le haut-parleur.

— Bon, les filles, je vous laisse. Dominique m'attend pour faire un baptême de plongée avec bouteilles. Je vous laisse imaginer à quel point je suis rassurée.

Après dîner, Marie et Camille boivent un thé sur le pont supérieur, à leur endroit habituel. Accoudées à la balustrade, elles fantasment leur avenir.

Elles seront richissimes. Marie aura une villa entièrement vitrée posée sur une falaise, avec accès direct à l'océan par un toboggan creusé dans la roche. Camille sera propriétaire d'un immeuble de deux étages sur les quais de Bordeaux, avec hélicoptère privé sur le toit. Toutes deux auront une armée de domestiques qui apprécieront la bienveillance de leurs patronnes (elles leur offriront des tricots à Noël), feront des voyages quand bon leur semblera et couvriront leurs proches de cadeaux.

— Et on achètera un paquebot pour se réunir une fois par an ! lance Marie.

— Ouais, bonne idée ! Et quand on s'en servira pas, on le rangera dans mon garage. Juste à côté du jet privé et de la limousine.

Elles rient tellement qu'elles ont mal au ventre.

— Faudrait qu'on remercie Anne, quand même, dit Marie en reniflant. C'est grâce à elle, tout ça. Fais voir ton téléphone, on va lui envoyer un message.

Plusieurs minutes plus tard, elles se relisent, et Camille appuie sur ENVOYER.

Anne,
C'est grâce à toi qu'on va pouvoir acheter un hélicoptère et un toboggan dans la falaise. Alors, on voulait te remercier. Avec notre premier chèque, on a décidé de t'offrir un cadeau merveilleux. On en a beaucoup discuté et on s'est finalement mises d'accord.
Ce sera un saut à l'élastique.
On espère que tu es contente.

Bisous.

63

Ils pensaient que c'était passé. Francesca les avait surpris deux jours auparavant, ils n'avaient pas été convoqués, ne l'avaient pas croisée, c'était derrière eux. Lorsqu'ils la voient se diriger droit sur eux, un sourire intrigant aux lèvres, Marie et Loïc comprennent que ça ne fait que commencer.

Il est plus de minuit, le pont supérieur est désert. Le couple clandestin en profitait pour se balader avant de rejoindre discrètement la cabine de Marie. L'Italienne se poste face à eux, les mains sur les hanches.

— Alors, vous allez bien ?

— Bonsoir, Francesca, répond gentiment Loïc. Tu n'es pas encore couchée ?

Elle ricane.

— Apparemment non. Alors, vous n'avez rien à me dire ?

— Je ne pense pas, répond Marie.

— Pourtant, j'ai vu quelque chose, vous le savez bien.

— On t'a vue aussi, mais on ne te doit aucune explication.

— Je crois que si. J'ai beaucoup d'influence ici, vous êtes au courant.

Loïc croise les bras.

— Qu'est-ce que tu veux ?

— Tu le sais très bien, répond Francesca en levant un sourcil.

Marie souffle.

— Bon, on va pas jouer aux devinettes, intervient-elle. Tu veux quoi ?

— La même chose que toi.

— Comment ça ? demande Loïc.

L'Italienne lui adresse un sourire charmeur.

— Tu sais bien, ne fais pas l'innocent. Tu me plais et je ne vois pas pourquoi la petite rousse serait la seule à en profiter.

Marie éclate de rire.

— N'importe quoi ! Tu l'as pris pour un gigolo ?

— Je n'ai jamais dit ça. Mais, apparemment, il aime le pâté ; alors, je voudrais lui faire goûter du foie gras.

— C'est toi le pâté, répond Marie. Loïc, réponds-lui qu'on en finisse. Elle est complètement tarée.

Loïc reste silencieux.

— Alors ? insiste Francesca.

— Alors ? répète Marie.

Il prend une profonde inspiration.

— D'accord, répond-il en serrant les mâchoires.

— Hein ? s'écrie Marie.

— Si c'est le prix à payer pour qu'elle ne nous dénonce pas, je suis prêt à passer une nuit avec elle.

Marie a l'impression de recevoir un coup de poing dans le ventre. Francesca jubile.

— Je ne veux pas te forcer, hein ? Je n'ai jamais eu besoin d'obliger qui que ce soit…

— Je ne me sens pas forcé, répond Loïc en ignorant Marie. Je n'avais pas compris que je te plaisais…

— Alors, allons-y, répond l'Italienne en passant son bras sous le sien.

Marie les regarde s'éloigner sans parvenir à sortir un mot. Elle voit Francesca onduler, poser la tête sur l'épaule de Loïc, qui l'entoure de son bras.

Elle a envie de vomir.

64

Allongée sur son lit, Marie fixe le plafond. Elle ne se remet pas de la scène qui s'est jouée un quart d'heure plus tôt sur le pont supérieur. Quelle conne ! Elle aurait mieux fait de s'écouter et de ne pas accorder la moindre importance à ce type. Il est encore pire que Rodolphe : lui au moins ne faisait pas semblant d'être quelqu'un de bien.

Il l'a eue. Elle n'aurait jamais imaginé ça, il est très fort. Elle se lève pour déchirer tous ses messages lorsque quelqu'un frappe à la porte. Face à elle, Loïc se tient les côtes tellement il rit.

— J'aurais voulu que tu voies sa tronche ! dit-il en entrant dans la cabine.

Marie ne sait pas quoi dire, elle est sonnée.

— Ça va, Marie ?

— …

— Oh non, t'as quand même pas cru que j'étais sérieux ?

— Ben, si.

— Mais non ! T'as vraiment pensé que j'étais attiré par Francesca ? Et que j'étais capable de te lâcher comme ça ? Je voulais juste lui donner une petite leçon.

Sa gorge se dénoue un peu. Elle essaie de sourire, mais n'y parvient pas.

— T'avais l'air hyper sérieux… T'aurais pas pu me faire un signe ?

— Fallait qu'elle y croie ; elle aurait pu me voir. Avec la tête que tu faisais, elle était obligée d'y croire !

Elle secoue la tête. Le sourire s'installe sur ses lèvres.

— Merde, j'ai honte… Maintenant que tu le dis, c'était improbable.

— Limite je suis vexé. Va falloir que t'apprennes à refaire confiance, dit-il en l'attirant vers lui pour l'embrasser.

— Il s'est passé quoi, alors ?

— Donc, on est allés dans sa cabine. Bien sûr, elle m'a sorti le grand jeu : verre de vin, sous-entendus à peine voilés, décolleté en 3D… Elle n'a pas attendu longtemps avant de me sauter dessus. J'ai joué le jeu jusqu'à ce moment-là. Et puis elle s'est approchée pour m'embrasser.

— Et ?

— Je l'ai regardée droit dans les yeux et je lui ai dit que je préférerais encore être débarqué en pleine mer et finir ma vie avec une méduse. Et je suis parti.

Marie écarquille les yeux en riant.

— J'ai presque de la peine pour elle !

— Elle a failli faire virer Marianne et Georges, je te rappelle.

— C'est vrai. À mon avis, demain, c'est notre tour, dit-elle en secouant la tête.

— Possible, répond-il en l'embrassant dans le cou.
Donc, il va falloir qu'on profite à fond de nos derniers
moments, si tu vois ce que je veux dire…

Marie fait un pas en arrière.

— J'ai une tête de méduse ?

65

Il est trois heures du matin lorsque l'alarme incendie retentit. Marie se réveille en sursaut et a besoin de quelques secondes pour réaliser que son oreiller a le cœur qui bat. Loïc ouvre les yeux. La consigne en cas d'alarme est connue de tous les passagers : ils doivent se rendre au plus vite sur le pont supérieur avec leur gilet de sauvetage. Marie saute dans une robe, Loïc enfile son jean.

— On est dans la merde, dit-il. Déjà, faut que je sorte d'ici sans que personne me voie. Ensuite, faut que je passe dans ma cabine chercher mon gilet.

— Tout ça pour une fausse alerte, comme chaque fois. Mais en pleine nuit, c'est une première, répond-elle en se dirigeant vers la porte. Allez, je sors d'abord. T'as qu'à attendre quelques minutes.

Loïc la retient par le bras.

— Dis donc, tu partirais sans me dire adieu ?

— Adieu, beau brun. C'était pas trop mal, comme dernière soirée !

Il y a de l'agitation dans les couloirs. Des gilets orange surmontés de mines endormies se pressent vers le pont supérieur dans un brouhaha assourdissant. Dehors, les croisiéristes attendent que la cause du déclenchement de l'alarme soit découverte pour rejoindre leur lit. Marie reste près de l'accès principal pour surveiller l'arrivée de Loïc. Rose n'est pas loin.

— Quelle honte ! Non, mais quelle honte ! rumine-t-elle. C'est de mieux en mieux, cette croisière. Maintenant, ils nous réveillent en pleine nuit !

Marie s'apprête à lui répondre quand elle entend une voix familière le faire à sa place.

— Vous êtes encore là, vous ?

Camille a les yeux encore collés et les cheveux en bataille.

— J'étais en train de rêver de William, poursuit-elle en prenant soin de parler fort. J'allais avoir un orgasme quand l'alarme a sonné.

Rose marmonne quelques mots et s'éloigne. Camille ricane. Francesca, appuyée contre un mur à deux pas de là, observe la scène avec un sourire en coin.

— Je sais pas pourquoi elle sourit, celle-là, dit Marie, mais ça ne me plaît pas du tout.

Vingt minutes plus tard, Loïc n'est toujours pas sur le pont. Marie et Camille en font le tour plusieurs fois, sans succès. Dans son porte-voix, Arnold annonce aux passagers qu'il s'agissait d'une fausse alerte, la compagnie est désolée, ils peuvent regagner leurs chambres dans le calme. Ils obéissent, tout au moins pour la première partie de la consigne.

Marie est arrêtée par Arnold au moment de franchir les portes.

— Madame Deschamps, le directeur demande à vous voir.

— Quoi, maintenant ?

— Oui, madame.

Camille s'arrête à leurs côtés.

— Je peux l'accompagner ?

— J'ai bien peur que non, madame.

En suivant Arnold dans les couloirs, Marie sait ce qui l'attend. Loïc a certainement été surpris en sortant de sa cabine. Ils vont être débarqués, et chacun rentrera chez soi.

Ce sera inutile de lutter : le directeur de croisière a prouvé qu'il n'avait pas été livré avec l'empathie à la naissance. C'est la gorge serrée qu'elle entre dans le bureau qu'elle commence à connaître.

Le directeur est à sa place, un caramel dans la bouche. Face à lui sont assis Loïc, penaud, et Francesca, triomphante. Arnold fait signe à Marie de prendre place sur la chaise libre à leurs côtés. Elle s'exécute.

— Comme nous sommes en pleine nuit, je vais aller droit au but, attaque le directeur. Le règlement que vous avez signé stipule que les couples sont interdits sur cette croisière. Vous confirmez ?

— Oui, répondent Marie et Loïc.

— Lorsque l'alarme a retenti, madame Rimini, ici présente, est venue me trouver pour me conseiller de guetter votre cabine. Je l'ai donc fait. Sur mon écran, la vidéosurveillance de votre couloir a révélé vos secrets.

Marie baisse la tête. C'est foutu.

— Madame Deschamps et monsieur Le Guennec, il semble que vous ayez passé une partie de la nuit ensemble. Et je me suis laissé entendre dire que ce n'était pas la première fois.

— Je confirme, dit Francesca.

— Comme vous le savez, je suis très à cheval sur le règlement. Mais il y a une chose que j'aime encore moins que les manquements au règlement, c'est la méchanceté et le chantage.

Il prend un deuxième caramel et le mâche longuement. Au fond de la pièce, Arnold tente de masquer son sourire. Loïc soupire.

— Madame Rimini, reprend le directeur en regardant Francesca. Depuis le début de cette croisière, vous usez de votre statut d'auteur de guide touristique pour nous menacer. Je vous ai fait surclasser, je vous ai obtenu des excursions personnalisées, j'ai renvoyé la serveuse du snack qui ne vous avait pas saluée, j'ai fait débarquer un couple de personnes âgées, j'ai supporté vos plaintes pendant presque trois mois.

Francesca se lève d'un bond.

— Comment osez-vous me parler ainsi ? Vous savez qui je suis, je peux détruire votre réputation !

— Oui, vous le pouvez. Mais vous ne le ferez pas.

Marie et Loïc se lancent un regard interloqué. Le directeur tourne l'écran de son ordinateur vers eux. L'image n'est pas nette, mais suffisamment pour y distinguer Francesca qui sort de sa cabine, se dirige vers l'alarme incendie, décroche le marteau, tape un grand coup dedans et regagne sa cabine en courant.

Elle se laisse retomber sur sa chaise. Arnold étouffe un rire.

— Je ne sais pas pourquoi vous avez fait ça et je ne veux pas le savoir, poursuit le directeur. Ce que je sais, c'est que vous quitterez cette croisière dès demain matin, par vos propres moyens, et que vous rédigerez un avis objectif. Sinon, cette vidéo sera envoyée à vos supérieurs. Est-ce clair ?

— …

— Est-ce clair ? répète-t-il.

— C'est tout à fait clair, rugit-elle. Je me casse de cette croisière merdique avec grand plaisir !

Francesca se lève, fait une révérence et quitte la pièce d'un pas assuré. Marie et Loïc se sourient.

— Ne fanfaronnez pas, dit le directeur. Cela me reviendrait cher de vous faire débarquer alors que la croisière est bientôt terminée. Mais je vous ai à l'œil. Je ne tolérerai aucun dérapage. Journaliste ou pas journaliste. Vous pouvez retourner dans vos cabines.

— Merci beaucoup, dit Marie en quittant le bureau. Un homme qui mange des bonbons a forcément bon cœur.

— Comme ses caramels, chuchote Arnold. Dur à l'extérieur, mou à l'intérieur.

66

— Il faut que je te parle.

Camille a l'air gêné. Assises sur le balcon de Marie, elles partagent leur petit déjeuner en admirant le port d'Alexandrie qui approche. Une famille de dauphins leur souhaite la bienvenue.

— T'es bien sérieuse d'un coup. C'est rien de grave ? demande Marie en trempant ses lèvres dans son chocolat chaud.

— Non, non. Mais j'ai pris une décision et je voulais te l'annoncer.

— Je t'écoute.

Camille prend une longue inspiration :

— Je vais rejoindre William à Auckland pour voir si ça peut marcher entre nous. On croit moyen aux relations à distance.

Marie pose son mug.

— Mais c'est une super nouvelle ! Je te souhaite que ça marche, ma puce… Il en dit quoi ?

— C'est lui qui a insisté. Il voulait même venir à Bordeaux. Mais, avec son boulot, c'est plus compliqué.

— Je suis heureuse pour toi, tu as bien raison ! C'est maintenant qu'il faut foncer. Mais ça va ? T'as l'air stressé…

Camille se racle la gorge.

— Parce que je te l'annonce au dernier moment. J'ai pas réussi à le faire avant. Mon vol est à quinze heures.

— À quinze heures quel jour ?

— Aujourd'hui.

— Quoi ? s'écrie Marie. Tu pars d'Alexandrie ? Mais c'est l'avant-dernière escale ! Dans trois jours, on est à Marseille !

— Je sais, mais, tu me connais, je ne suis pas patiente. J'ai déjà la tête là-bas, je n'arrive plus à profiter.

— Ah merde, je m'étais pas préparée à ça. Mais c'est une bonne nouvelle, vraiment. C'est juste que tu vas beaucoup me manquer.

Camille a le menton qui tremble.

— Allez, poursuit Marie en la prenant dans ses bras. De toute manière, on arrivait à la fin. Faut qu'on profite de nos dernières heures ensemble. Après, William te consolera.

67

La cabine de Camille est vite rangée. Ses affaires s'entassent dans deux valises, et ses souvenirs dans sa tête.

Elles se remémorent quelques anecdotes pour alléger l'atmosphère : leur rencontre autour d'une paëlla, la tête d'Anne au bord de la falaise, leur journée au lit avec la grippe, leur fou rire sur le balcon de Marie… mais les larmes ne sont pas loin. Camille fait un dernier tour de la pièce et s'assoit sur le lit.

— Attends, il faut que je fasse un dernier truc. Ce qui se passe sur la croisière reste sur la croisière.

Son smartphone entre les mains, elle efface une à une les photos de ses proies. Le Portugais, les Antillais, les Américains… Tous disparaissent de l'écran et de sa vie.

— C'était une chouette parenthèse, dit-elle en rangeant son téléphone dans son sac. Maintenant, je suis prête à me poser.

L'aéroport international Borg el-Arab est situé à une quarantaine de kilomètres d'Alexandrie. Dans le taxi qui les y mène, les deux femmes sont silencieuses. Marie essaie de trouver des sujets de conversation pour dédramatiser, montrer à Camille qu'elle ne lui en veut pas, mais rien ne vient. Alors elle se tait et essaie de dissoudre la boule qui lui brûle la gorge. Sans Anne, leur groupe a déjà été amputé. Maintenant, elle va se retrouver en solo.

Il y a trois mois, c'est ce qu'elle voulait. L'adage « Mieux vaut être seul que mal accompagné » la guidait alors. Avec ses amies, elle s'est rendu compte que, bien accompagné, mieux valait être plusieurs.

Camille ne desserre pas les dents. Une fois dans l'avion, elle se concentrera sur ses projets, sur William, mais, pour l'instant, elle a le cœur lourd. Cette aventure a changé sa vie bien plus qu'elle ne l'imaginait. Elle pensait faire un break, puis reprendre sa vie là où elle l'avait laissée ; au lieu de ça, elle part à l'autre bout du monde retrouver un homme qu'elle connaît à peine. Elle a perdu son travail, mais gagné des amies. Surtout, elle a grandi.

Elle savait que quitter la croisière lui serait difficile. Elle a toujours eu beaucoup de mal avec les adieux. En partant avant la fin, elle les écourte un peu. Mais la douleur a quand même trouvé le temps de se glisser dans ses bagages.

Le taxi s'arrête devant l'aéroport. Marie lui prend la main.

— Ça va aller. On se revoit bientôt, au mariage !

Camille plonge la main dans son sac.

— Tiens, en parlant de mariage. Il te revient à toi, maintenant. Hein, que t'es contente !

Le museau aplati de Doudou se retrouve dans les bras de Marie. Oui, elle est contente. Elle garde ainsi un petit bout d'Anne et de Camille avec elle.

En se dirigeant vers l'embarquement, Camille se retourne plusieurs fois. Marie lui envoie des baisers à travers la vitre.

Jusqu'au dernier moment, les deux affichent un grand sourire. C'est à la seconde où elles ne se voient plus qu'elles laissent couler leurs larmes.

C'est la fin.

68

— Viens, je vais te changer les idées.

Loïc attend Marie sur la passerelle à son retour de l'aéroport. Elle avait prévu de se mettre en boule sous sa couette et d'y passer la soirée avec Doudou, mais elle attrape la main qu'il lui tend et le suit dans les couloirs du paquebot sans trop de résistance.

Devant sa cabine, il passe derrière elle, pose la main devant ses yeux et ouvre la porte.

— Tadaaaaam ! fait-il en enlevant sa main.

Sur le bureau, il a disposé une bouteille de Coca, une d'Oasis et un saladier rempli de bonbons : Dragibus, Carambar, Malabar, oursons en chocolat, fraises Tagada, Car en Sac, réglisse, bananes et langues qui piquent.

Loïc referme la porte.

— Rien de tel qu'une soirée régressive pour faire du bien au moral. Assieds-toi !

Marie enlève ses chaussures et s'installe en tailleur sur le lit.

— C'est adorable, ça me touche beaucoup !

— Attends, t'as pas tout vu.

Il la rejoint, pose le saladier à leurs côtés et appuie sur la télécommande. La télé joue un générique qu'elle reconnaît aussitôt : *Dirty Dancing*. Elle se met à rire.

— C'est exactement ce dont j'avais besoin ! dit-elle en prenant un ourson en chocolat avant de se caler contre les coussins.

Deux heures plus tard, le saladier est presque vide, le film est fini, la boule dans la gorge de Marie a quasiment disparu. Ils ont passé la soirée à rire, à discuter entre deux scènes, à se goinfrer. Il a deviné ce qu'il lui fallait, comme s'il la connaissait parfaitement.

Rodolphe n'aurait même pas remarqué son chagrin, d'autres lui auraient proposé un restaurant, mais Loïc, non. Il l'a comprise. Et ça commence à lui faire peur.

— Je vais y aller, dit-elle en se relevant.

— Attends, il manque le final.

Loïc attrape plusieurs emballages jaunes dans le saladier, se met debout au pied du lit et en défroisse un.

— Connais-tu la blague de la chaise ? Elle est pliante.

Marie secoue la tête en riant.

— Oh non, tu vas quand même pas me lire les blagues Carambar !

— On a dit que c'était une soirée remontage de moral. Il faut ce qu'il faut, répond-il en dépliant un deuxième emballage. Que font deux brosses à dents le 14 Juillet ?

— Aucune idée.

— Facile ! Un feu dentifrice.

Marie fait mine de se boucher les oreilles.

— Si tu continues, ça va avoir l'effet inverse : je vais tomber en dépression !

— Arrête, elles sont super drôles !

Elle se lève à son tour et se poste face à Loïc.

— OK, on va faire une *battle* de blagues pourries, dit-elle. Le premier qui rit a perdu.

— D'accord. Tu commences.

— Tu sais avec quoi on ramasse une papaye ? Avec une foufourche.

— Mouais, répond Loïc en se mordant les joues. Tu sais ce qu'est un canif ? C'est un petit fien.

Marie pince ses lèvres pour ne pas rire.

— Bof, bof. À moi ! C'est un pingouin qui respire par le cul. Un jour, il s'assoit et il meurt.

Les lèvres de Loïc tremblent. Il essaie de les maintenir immobiles ; en vain. Son rire monte dans sa gorge et éclate face à une Marie triomphante.

— J'ai gagné, j'ai gagné, j'ai gagné ! crie-t-elle en sautillant.

Loïc pleure de rire.

— Ah oui, le coup du pingouin, je ne vais pas m'en remettre !

— C'est mes filles qui me l'ont racontée. J'en oublie la plupart, mais celle-là m'a marquée. Bon, j'ai gagné quoi ?

— Ce que tu veux.

— Tout ce que je veux ? demande-t-elle en s'approchant de lui lentement.

— Tout ce que tu veux, répond-il en caressant son bras.

Elle lui tend ses lèvres, ferme les yeux et, au moment de l'embrasser, lui murmure :

— Ce que je veux, c'est que tu apprennes des blagues potables. Il en va de ton bien-être.

Et elle rit, ramasse ses chaussures et quitte la cabine en courant.

69

Marie fouille son sac à la recherche de sa carte *Felicità*. En quittant sa cabine pour l'excursion à Savone ce matin, elle l'a jetée dedans sans prendre le temps de la ranger dans son portefeuille. Elle qui classait ses DVD par couleurs de la tranche, puis par ordre alphabétique, elle ne se reconnaît plus.

Dans la pochette intérieure, ses doigts rencontrent une feuille de papier. Surprise, elle la retire et la déplie.

Marie,
Je ne suis pas très douée pour dire ces choses-là, mais je ne pouvais pas partir sans te le faire savoir. Alors, voilà, je te l'écris.
Tu ne peux pas savoir à quel point je suis heureuse de vous avoir connues, toi et Anne. On n'a passé que trois mois ensemble, mais je sais déjà que je ne veux plus me passer de vous. Vous comptez.
Je te remercie pour tous ces moments que je n'oublierai jamais, pour ces discussions, pour tes conseils, pour ton ouverture d'esprit, surtout pour tous ces fous rires.

Je te souhaite tout le bonheur que tu mérites pour la suite. Avec ou sans lui.
Je t'embrasse fort, fort, fort.
(Putain, je suis vachement plus polie par écrit !)
Camille
P-S – Prends soin de Doudou, il est très triste de ne pas vibrer.

Un petit croquis représentant les trois femmes de dos, accoudées à une rambarde face à la mer, conclut le message.

Plantée devant sa cabine, Marie sourit. Camille l'a certainement glissé dans son sac durant le trajet pour l'aéroport. Marrant… Il est quasiment identique au mot qu'elle a discrètement caché dans le sien au même moment.

70

Dernière nuit. Assise sur le balcon, Marie admire une dernière fois ce spectacle qu'elle aime tant. La lune se reflète dans l'eau noire, le ciel est parsemé de taches de lumière.

Après le dîner du commandant, Loïc a senti la mélancolie de Marie. Il a insisté pour ne pas la laisser seule cette nuit. En réalité, elle a besoin de l'être. Dès qu'il s'est endormi, elle s'est glissée sur le balcon.

Elle allume une cigarette piquée dans son paquet. Il faut qu'elle soit isolée pour repenser aux cent jours qui viennent de s'écouler. Pour faire le bilan.

En posant un pied sur le paquebot, trois mois auparavant, elle était sûre de sa décision, beaucoup moins de sa direction. Elle fuyait sa vie balisée et cherchait un autre chemin. Elle a trouvé bien plus que ça.

Il y a eu Anne et Camille, qui sont dans presque tous ses souvenirs. Sa rencontre la plus inattendue, mais aussi la plus importante. Elle a souvent envié les amitiés de ses héros du petit écran. Elle avait fini par se dire que c'était comme le grand amour : un truc qui n'existait pas. Aujourd'hui, elle sait avec certitude qu'elle a deux amies. Elles étaient toutes les trois à une période charnière en se rencontrant. Fragilisées, en quête de bonheur. Ça crée des liens forts.

Il y a eu Rodolphe, qui ne l'a pas laissée partir si facilement. Elle pensait n'avoir aucune nouvelle pendant ces trois mois. Elle croyait qu'il mettrait son départ à profit pour s'organiser une nouvelle vie avec une nouvelle femme et de nouvelles maîtresses. Il l'a étonnée : elle ne le pensait pas si attaché à ses objets.

Il y a eu MANACA, un projet fou, rapidement devenu réalité. Elle commence à y croire. Sa passion va peut-être devenir son métier. Si seulement…

Il y a eu les voyages, les découvertes, les paysages à couper le souffle, les dauphins, les habitants d'ailleurs, les visites de musées, de monuments, les couchers de soleil, les rencontres, toutes ces premières fois. Désormais, lorsqu'elle regardera un reportage, elle pourra dire «J'y étais».

Il y a eu la vie à bord, les chocolats chauds sur le balcon, les spectacles variés, les soirées de gala, les tenues de soirée, la parenthèse dans les tâches ménagères, le roulis qui aidait à bien dormir, le bruit de l'eau, l'air marin, les nuits étoilées sur les transats du pont supérieur, l'animation permanente, les autres passagers qui font se sentir moins seul, la piscine. Son quotidien pendant cent jours.

Il y a eu Loïc. L'homme aux cheveux gris. Un imprévu. Avec lui, ça a mal commencé ; elle ignore encore comment ça se terminera. Comment ils se diront au revoir. Si elle l'oubliera vite. Elle a lutté, mais elle s'est habituée à sa présence. Attachée, même. Il restera un souvenir précieux.

Il y a eu elle. Ses retrouvailles avec elle-même. Au fil des semaines, la carapace dans laquelle elle s'était enfermée a craqué, et Marie s'est découverte. Elle a souvent pensé à la petite fille qu'elle était. Elle s'est souvent demandé ce qu'elle penserait de celle qu'elle est devenue. Dans son imagination, ce soir, la petite fille sourit.

Les bras de Loïc s'enroulent autour de ses épaules.

— Tout va bien ? demande-t-il.

— Oui, ça va.

— Tu veux que je te laisse seule ?

— Non, j'ai fini, répond-elle en lui prenant les mains. Reste avec moi.

Marseille est dans le froid. Sur le quai, des dizaines de personnes sont venues accueillir leurs proches. Marie traîne.

Dire adieu à la cabine 578 est difficile. Les oreillers blancs, le clapotis, le sol qui grince dans la salle d'eau, le transat du balcon, le mug bleu, la vue chaque jour différente, tout ça va lui manquer. Pendant trois mois, ça a été son foyer.

Elle est en train de fermer la valise verte lorsqu'elle voit une enveloppe glisser sous la porte.

Elle sourit en la ramassant. La dernière lettre de Loïc.

Il y a des ombres dans « Je t'aime »
Pas que de l'amour, pas que ça
Des traces de temps qui traînent
Y a du contrat dans ces mots-là

Tu dis l'amour a son langage
Et moi les mots ne servent à rien
S'il te faut des phrases en otage
Comme un sceau sur un parchemin

Alors sache que je
Sache-le
Sache que je

Il y a mourir dans « Je t'aime »
Il y a je ne vois plus que toi
Mourir au monde, à ses poèmes
Ne plus lire que ses rimes à soi

Un malhonnête stratagème
Ces trois mots-là n'affirment pas
Il y a une question dans « Je t'aime »
Qui demande « Et m'aimes-tu, toi ? »

Alors sache que je
Sache-le
Sache que je

Marie retourne la feuille. Il n'y a que les paroles de Goldman. Les autres fois, Loïc y ajoutait quelques mots. Là, non. Elle relit les paroles qu'elle connaît par cœur en cherchant à décrypter le message qu'il a voulu faire passer. C'est ambigu, il peut y en avoir deux. Soit il lui avoue être tombé amoureux, mais n'ose plus dire ce mot galvaudé, soit au contraire elle ne doit s'attendre à rien, il ne veut plus aimer. Soit il a envie de la revoir, soit leur histoire s'arrête ici. Elle ne sait même pas ce qu'elle veut, elle. Comment pourrait-elle saisir la signification d'un texte à double sens ?

Sa tête lui dicte de laisser tomber ces histoires de midinette. Elle va avoir suffisamment de choses à gérer, entre le divorce, le déménagement, les tricots et le reste, pour s'engager dans une relation à distance. Son cœur lui conseille de ne plus brider ses sentiments et de faire confiance à l'avenir. Ce serait dommage de le laisser filer sans prendre ses coordonnées.

Elle range l'enveloppe dans son sac. Ils auront l'occasion d'en discuter tout à l'heure sur le quai, en se disant au revoir. Deux coups frappés à la porte la font sursauter. Pourvu que ce soit lui.

Derrière la porte, Marianne et Georges ne se lâchent pas la main.

— Nous voulions vous dire au revoir, Marie, dit la vieille dame d'une voix tremblante.

Les yeux de Marie se remplissent d'eau.

— Merci, Marianne. J'espérais vous voir une dernière fois ! Je tenais à vous souhaiter d'être heureux, tous les deux.

— Merci, Marie. C'est grâce à vous, tout cela, dit Georges en lui prenant la main. Si vous n'étiez pas intervenue, nous serions rentrés chez nous sans avoir pu vivre notre histoire.

— C'est normal, c'était injuste. Vous allez faire quoi, maintenant ?

— Mes enfants veulent absolument que j'aille vivre dans une résidence pour personnes âgées, répond Marianne. Pas un de ces mouroirs déprimants, non, une jolie résidence avec des logements indépendants. Avant, je ne voulais pas quitter la maison dans laquelle j'ai vécu avec mon Roger. Maintenant, je suis prête.

Georges regarde la vieille dame avec tendresse.

— Je compte convaincre les miens de me laisser vivre dans la même résidence, ajoute-t-il. C'est loin de chez eux, mais ils comprendront que mon bonheur est là-bas.

— Je suis heureuse pour vous ! s'exclame Marie. Vous êtes tellement beaux, tous les deux.

— Nous devons vous laisser. Nos enfants nous attendent, dit Marianne en l'embrassant chaleureusement.

Puis elle entraîne Georges vers leurs dernières années.

Arnold est posté dans le hall d'entrée, exactement au même endroit qu'à l'embarquement. Mais aujourd'hui, c'est dos à la porte qu'il salue un à un chaque passager. De l'ascenseur, Marie l'observe, la gorge serrée. C'est lui qui les a accueillies, Anne et elle. Elles étaient perdues dans ce gigantesque hall, ne sachant pas à quoi ressemblerait leur aventure. C'était il y a trois mois.

Elle balaie le hall des yeux à la recherche de Loïc. Entre les passagers qui se pressent vers la sortie pour retrouver leurs proches et ceux qui s'enlacent longuement pour se dire adieu, il y a du monde.

Elle repère Rose en grande discussion avec un membre de l'équipage. Sans doute est-elle en train de râler, songe-t-elle avec amusement. Mais aucun signe de Loïc. Elle le retrouvera sur le quai, comme ils l'ont prévu.

— Bon retour, madame. Merci d'avoir choisi notre compagnie !

Arnold arbore son indélébile sourire en tendant la main à Marie. Elle hésite quelques secondes et s'avance pour lui faire la bise.

— Au revoir, Arnold, votre sourire a été un de mes petits bonheurs quotidiens.

Son sourire s'élargit tandis qu'elle s'éloigne vers la sortie.

Loïc est sur le quai, mais il n'est pas seul. Un couple assez âgé et deux adolescents le serrent dans leurs bras à tour de rôle. Sans doute ses parents et ses enfants qui ont souhaité lui faire une surprise.

Marie passe à côté d'eux en traînant ses valises et son cœur lourd. Elle ne va pas pouvoir lui dire au revoir. Ils ne vont pas pouvoir échanger leurs coordonnées. Elle ne le reverra plus jamais.

Elle essaie de repérer un taxi et de retenir ses larmes lorsqu'elle entend deux voix familières derrière elle. Elle a à peine le temps de se retourner que deux ouragans lui sautent au cou en criant. Ses filles. Ses chéries. Elle les embrasse, elle les serre, elle les sent.

— On t'a fait la surprise, maman ! s'écrie Justine en riant.

— On a mis du temps à te reconnaître avec ta nouvelle coupe. T'es trop canon ! ajoute Lily.

Derrière elles, Loïc lui adresse un sourire contrit. Elle a envie de courir le retrouver, de l'embrasser devant tout le monde, de lui demander s'il veut la revoir. Paris et Morlaix, ce n'est pas si loin. Elle pourrait passer des week-ends chez lui, ils rempliraient leurs poumons d'air iodé et leurs journées de tendresse, ils se feraient des confidences et des caresses toute la nuit, ils écriraient leurs prénoms sur le sable et leur avenir ensemble. Mais elle ne peut pas.

— Allez, maman, on y va ? L'avion est dans deux heures. On rentre à la maison !

Marie sourit, attrape la poignée de la valise verte pendant que ses filles se chargent du reste et les suit vers le parking. Une dernière fois, elle jette un regard au majestueux bateau qui l'a portée, dans tous les sens du terme, durant ces trois derniers mois. Puis elle se retourne et regarde Loïc. Il parle à son fils en souriant. Maintenant, elle en est sûre, cette fossette va lui manquer.

Fin de la parenthèse.

Épilogue

Le parvis de la mairie est désert. Le fiancé et les invités attendent l'arrivée de la mariée à l'intérieur. La voiture recouverte de fleurs se gare à quelques mètres des marches, et Anne en descend, suivie de Marie et Camille. Les deux témoins inspectent une dernière fois la tenue de leur amie.

— T'es magnifique ! répète pour la dixième fois Marie en arrangeant le bas de sa robe.

Parmi les choses qui déplaisaient à Anne dans le mariage, il y avait la robe, le voile, le lancer de riz, les rubans sur les voitures et tout ce qui faisait ressembler ce moment à une immense pièce de théâtre. C'était décidé, elle porterait un ensemble ivoire qu'elle pourrait remettre ensuite. Pas de fioritures. Au fur et à mesure des préparatifs, son avis a lentement évolué. C'est dans une robe de mariée blanche au jupon gonflé par un double cerceau, un voile sur la tête et un bouquet à la main qu'elle trépigne d'impatience de dire OUI à Dominique.

— Elle m'a tellement plu que je l'ai prise aussi en ivoire ! J'ai les jambes qui tremblent, les filles. Heureusement que vous êtes là.

Camille rajuste une dernière fois le voile.

— Tu croyais quand même pas qu'on allait louper ça ? On est tes témoins, bordel !

Les trois femmes sont à quelques pas de l'entrée de la mairie lorsqu'une vieille dame en sort et vient à leur rencontre.

— Marianne ! Je suis heureuse que vous ayez pu venir ! s'écrie Anne en l'embrassant.

— C'est avec plaisir ! répond-elle. Depuis que nous avons emménagé dans notre nouvelle résidence, nous n'avons pas beaucoup voyagé, mon Georges et moi. Ce séjour à Paris est un enchantement. Et nous sommes émus de toutes vous revoir pour ce joyeux événement.

La vieille dame serre Marie et Camille dans ses bras, puis fait signe à Anne de se retourner.

D'une main tremblante, elle fouille son petit sac blanc et en sort quelque chose qu'elle accroche au cou de la mariée. Son camée.

— Oh ! Marianne ! dit Anne en retenant ses larmes. Mais vous l'avez acheté, je ne peux pas…

— Il ne me plaît plus, répond Marianne en balayant l'objection de la main. Et puis, il vous va beaucoup mieux à vous.

La salle est petite et il y règne une chaleur difficilement supportable, mais les invités n'y prêtent pas attention. Tous guettent l'arrivée de la mariée et les larmes dans les yeux de son promis.

Les deux arrivent en même temps, sous les applaudissements.

Assises à côté de leur amie, Marie et Camille sont aux premières loges de sa joie. Sur le bureau du maire, elles ont installé un troisième témoin : Doudou.

Camille se retourne et cherche dans la foule celui qui l'accompagne. William est au fond de la salle et la regarde en souriant. Il ne parle pas encore suffisamment français pour comprendre tout ce qui se dit, mais il semble gagné par l'euphorie ambiante. Le bonheur est un langage universel.

Il y a six mois, Camille s'est envolée pour l'inconnu à l'autre bout de la planète. Aujourd'hui, l'autre bout de la planète est sa maison, l'inconnu son quotidien. William l'attendait à l'aéroport avec ses grands yeux noirs et une clé de son appartement. Leurs retrouvailles ont été encore meilleures que dans son imagination ; la banquette arrière de la voiture s'en souvient encore. Il lui a fait une place dans ses placards et dans sa vie, elle s'y est plu. Avant elle, William aussi avait eu un tableau de chasse bien garni. Se débarrasser de celles qui venaient sonner chez lui a demandé un peu de temps et une officialisation : leurs deux noms sont désormais inscrits sur la porte.

Au bout d'un mois, ils sont venus passer deux semaines à Bordeaux. William a été présenté à la famille et aux amis. Tous ont pensé que Camille avait complètement perdu la tête et qu'elle reviendrait vite. Seul son père a compris que ce n'était pas le cas. Il l'a serrée fort dans ses bras en lui disant que sa mère aurait été fière.

Elle a vidé son appartement et s'est occupée des formalités de son licenciement. Julien fumait une cigarette devant l'agence quand elle en est sortie. Il l'a saluée poliment, elle lui a envoyé un large sourire et a rejoint sa voiture en faisant tanguer ses hanches. S'il savait que, sans lui, elle ne serait pas partie et n'aurait jamais rencontré William…

À Auckland, elle a reçu plusieurs propositions via le formulaire de contact de son blog. Une agence de publicité renommée l'a ajoutée à son catalogue d'illustrateurs. Désormais, en plus des revenus générés par MANACA, elle gagne sa vie en dessinant pour des campagnes de communication. La plus belle opportunité est venue d'un éditeur. Elle vient de mettre le point final au livre qui sera édité en fin d'année : *Le Tour du monde en 80 mecs*.

Bientôt, ils quitteront le petit appartement de William pour un plus grand, mais dans le même immeuble. Ils s'y voient déjà, avec sa grande baignoire d'angle, son îlot central dans la cuisine, sa baie vitrée donnant sur la ville, son bureau lumineux et sa petite chambre blanche juste à côté de la leur.

Camille caresse son ventre en souriant. Plus que six mois avant qu'elle rencontre son petit machin qui chie et qui braille.

Anne et Dominique se tiennent les mains en se regardant dans les yeux.

— Anne, Madeleine, Arlette Duval, acceptez-vous de prendre pour époux Dominique, Pierre Morin ici présent ?

— Oui, je le veux.

— Dominique, Pierre Morin, acceptez-vous de prendre pour épouse Anne, Madeleine, Arlette Duval ici présente ?

— Oui, je le veux.

— Au nom de la loi, je vous déclare mari et femme.

Les jeunes mariés s'embrassent sous les applaudissements et les flashes des invités. Derrière son appareil, Yanis ne manque pas une scène. «Ce sont des moments d'intimité que tu n'auras pas à voler», lui a dit Anne en riant. De temps en temps, il vérifie sur l'écran si les clichés sont réussis. Chaque fois, il se dit qu'il doit absolument arrêter de prendre Angélique en photo et se concentrer sur le couple du jour. Il aura tout le temps de la mitrailler lorsqu'ils auront emménagé ensemble le mois prochain.

Anne se félicite d'avoir choisi du maquillage waterproof. Elle a réussi à retenir ses larmes pendant dix minutes, mais elles ont finalement fugué. Marie, debout à ses côtés, tient le petit coussin en satin sur lequel sont posées les alliances.

— Elle ne les a pas oubliées, elle ! lance la cousine d'Anne en riant.

En passant l'anneau au doigt de Dominique, elle savoure pleinement. Elle croyait ne jamais le revoir, et, là, ils se promettent de rester côte à côte jusqu'à leur dernier souffle.

Elle connaît le manque. Elle sait à quel point c'est douloureux de se dire qu'on ne serrera plus jamais quelqu'un contre soi. C'est une chance. C'est grâce à ça qu'elle apprécie désormais chaque seconde passée avec lui.

Ils ont passé un mois à Phuket, sur Ko Yao Noi. C'était à la fois comme s'ils ne s'étaient jamais quittés et comme s'ils venaient de se rencontrer. Ils ont fait de la plongée, l'amour, de la bronzette, se sont écrit des petits mots, ont prévu de sauter en parachute (mais

Anne a renoncé au dernier moment), ils ont mangé toutes sortes de poissons, fait l'amour encore, dormi au bord de la piscine, discuté, dormi au bord de leur piscine privée, refait l'amour.

À leur retour en France, après un vol les ongles plantés dans les cuisses, Anne a retrouvé son appartement, son chat et son quotidien avec Dominique. Il a quitté son logement refuge et rempli les placards de ses affaires. Elle n'aime pas l'avouer, mais cette pause a été bénéfique. Elle a réalisé que le bonheur se cachait dans les petits moments du quotidien. Lorsqu'elle pensait l'avoir perdu, tout lui manquait, même les choses auxquelles elle ne prêtait pas attention ou celles qui l'agaçaient. Désormais, elle les apprécie. Se brosser les dents avec lui. L'entendre mâcher la bouche ouverte. Étendre ses chaussettes. Le voir claquer les portes. L'écouter noyer ses histoires de détails sans importance. Il est là.

Dominique enfile la bague à l'annulaire d'Anne.

— Je vous aime, madame Morin.

Comme tous les autres invités, Marie chante un morceau choisi par les mariés. *Tu es de ma famille,* de Jean-Jacques Goldman.

Et crever le silence
Quand c'est à toi que je pense
Je suis loin de tes mains
Loin de toi, loin des tiens
Mais tout ça n'a pas d'importance

Loïc est au dernier rang, à côté de William, les yeux rivés sur les paroles. Comme chaque fois qu'elle le regarde, Marie sent des chatouilles dans son ventre.

Le retour a été brutal. Rodolphe avait fait changer les serrures ; elle a dû faire appel à un huissier pour récupérer ses affaires. En entrant dans ce qui avait été son foyer pendant vingt ans, elle s'est sentie étrangère. Ce n'était plus chez elle. Elle a rempli quelques cartons et emménagé dans une chambre d'hôtel en attendant d'avoir un revenu régulier pour qu'un propriétaire accepte de lui louer un appartement.

C'est au bout de trois semaines qu'elle a reçu un appel de Loïc. C'est le temps qu'il lui avait fallu pour réussir à obtenir la liste des passagers en usant de sa carte de presse. Il a entrepris d'appeler toutes les Marie, Anne et Camille présentes sur le paquebot. Il a fini par tomber sur la bonne Anne, qui était ravie de lui donner les coordonnées de Marie et de garder le secret. « Je lui en dois une, depuis l'histoire du guide à Hawaï », elle a dit. Marie était en train de taper *Loïc cheveux gris Bretagne* dans Google quand il l'a appelée. Elle a failli tourner de l'œil.

Ils se sont revus dans un endroit neutre. Puis chez lui. Puis dans son provisoire chez elle. Puis encore chez lui. Sans l'environnement du voyage, ils ont eu peur que ça ne prenne pas. Ça a pris. Ils passaient leurs journées à discuter, faire l'amour, rire, manger.

Dès que le divorce a été prononcé, Marie a présenté Loïc à ses filles. « Vous ressemblez à des ados, c'est mignon », a dit Justine. « Un peu ridicule, mais mignon », a ajouté Lily. Les enfants de Loïc ont été un peu plus réticents, mais, peu à peu, leurs relations s'adoucissent.

Ils ne vivent pas ensemble. Par choix. Ils n'en ont pas envie. Peut-être qu'elle viendra, peut-être pas. Mais ils ne sont pas trop loin non plus. C'est à Carantec qu'elle habite désormais, à deux minutes de l'océan, cinq de la maison de Loïc, trois de la boutique de laine. Il la rejoint plusieurs fois par semaine ; elle frémit d'excitation chaque fois que l'interphone sonne. Lily et Justine arrivent chaque vendredi soir et repartent le dimanche matin, pour retrouver leur père jusqu'au lundi. Elles ont leur chambre, avec un lit superposé, comme quand elles étaient petites. Marie leur a laissé le soin de la décorer et elle s'est chargée des autres pièces. Elle a mis des couleurs, des lumières partout, des photos de la croisière aux murs et décoré sa chambre comme l'était sa cabine. Même le balcon est là, avec un petit bout d'océan au loin, entre deux toits.

Le succès de MANACA ne se dément pas. La marque bénéficie d'une belle visibilité, et les ventes augmentent chaque mois. Marie en vit bien sans avoir à demander le moindre centime à Rodolphe. Elle a même embauché une de ses nouvelles voisines, passionnée de tricot, pour accroître la production. Camille imagine régulièrement de nouveaux visuels. Marie, Anne et elle parlent de ça et de tas d'autres choses lors de leur appel visio hebdomadaire.

Entre deux refrains, Loïc lui envoie un baiser. Le cœur de Marie fait un saut périlleux dans sa poitrine. Elle avait tort : à quarante ans aussi, l'amour peut être illimité.

J'connais pas ta maison
Ni ta ville ni ton nom
Pauvre, riche ou bâtard
Blanc, tout noir ou bizarre
Je reconnais ton regard

Et tu cherches une image
Et tu cherches un endroit
Où je dérive parfois

Tu es de ma famille
De mon ordre et de mon rang
Celle que j'ai choisie

Celle que je ressens
Dans cette armée de simples gens

Tu es de ma famille
Bien plus que celle du sang
Des poignées de secondes
Dans cet étrange monde
Qu'il te protège s'il entend
Tu sais pas bien où tu vas
Ni bien comment ni pourquoi
Tu crois pas à grand-chose
Ni tout gris ni tout rose
Mais ce que tu crois, c'est à toi
T'es du parti des perdants
Consciemment, viscéralement
Et tu regardes en bas
Mais tu tomberas pas
Tant qu'on aura besoin de toi

Et tu prends les bonheurs
Comme grains de raisin
Petits boulots de petits riens

Tu es de ma famille...

Tu es de ma famille, tu es de ma famille
Du même rang, du même vent
Tu es de ma famille, tu es de ma famille
Même habitant du même temps
Tu es de ma famille, tu es de ma famille
Croisons nos vies de temps en temps

À quatre heures du matin, la plupart des invités sont partis. Marie, Anne et Camille se retrouvent autour d'une bouteille de vin. Marie tend une enveloppe à Anne.

— Voici le cadeau de mariage de la part de MANACA.

— Mais fallait pas, les filles !

— Ça nous fait plaisir, répond Camille. Ouvre !

Anne obéit et sort une carte de l'enveloppe.

— J'ai enlevé mes lentilles à cause des larmes. Je n'arrive pas à lire. C'est quoi ?

— C'est un billet pour une croisière d'une semaine. On part toutes les trois le mois prochain. Tout est arrangé avec ton mari et ta patronne, dit Marie.

— Et on se fera ça une fois par an, ajoute Camille. Pour ne jamais oublier.

Anne se lève et les serre dans ses bras.

— Je vous aime, les filles.

— Nous aussi, on t'aime.

— Venez, on trinque, dit Camille en remplissant les verres.

Elles lèvent leurs verres et déclament en chœur :

— Aujourd'hui est le premier jour du reste de ma vie !

REMERCIEMENTS

Merci mon fils de me faire voir la vie à travers tes yeux pleins d'étoiles et de me donner envie de nous écrire une belle histoire.

Merci A. de m'accompagner depuis ton arc-en-ciel.

Merci mon amour d'avoir assez de confiance en moi pour nous deux. Merci pour tes relectures à n'importe quelle heure sans (trop) rechigner, ta patience et ton enthousiasme.

Merci Mamie de m'avoir transmis ton amour de l'écriture et de m'avoir laissée passer les mercredis pluvieux dans tes carnets de poèmes.

Merci Maman d'avoir offert tant de livres à la petite fille que j'étais. La Dictée Magique, aussi. Merci pour ta présence, tes conseils et la fierté dans tes yeux.

Merci Papa de m'avoir transmis ton humour (parfois douteux), d'être si bon public et de croire en moi.

Merci petite sœur d'être ma première fan, ma meilleure amie et de m'avoir convaincue que cette histoire pourrait plaire.

Merci Camille Anseaume d'être aussi belle dans la vie que dans tes mots. Je te dois beaucoup.

Merci Angélique de m'avoir harcelée pour que j'envoie le manuscrit à un éditeur. Sans toi, il serait encore en train de dormir.

Merci Aude, Faustine, Cynthia, Mit-Mit, Maman et Mamie pour vos relectures et vos corrections.

Merci Frédéric Thibaud de votre confiance et d'avoir aimé cette histoire au point de lui offrir un beau voyage dans les librairies.

Merci Claire Germouty de ta bienveillance, de ton soutien à quatre heures du matin et de m'administrer régulièrement ma dose de confiance en moi.

Merci l'équipe du Prix E-crire AuFéminin d'avoir un peu atténué le syndrome de l'imposteur dont je souffre.

Merci les copains Justine, Michaël, Isabelle, Marie, Sabine, Natacha, Fanny, Serena, Sophie, Anna, Laëtitia, Zaza, Marjolaine, Benjamin, Cécile, Marine, Constance, Aurélie et Sarah de partager ma joie et de me donner la foi (copyright Ophélaï).

Merci chers lecteurs de mon blog de me faire rire, de me toucher, de m'encourager, de vous confier, de me soutenir et de me raconter de bonnes blagues. Vous me donnez des ailes depuis six ans.

Merci à Jean-Jacques Goldman de m'avoir accompagnée tout au long de ce livre et, plus généralement, de ma vie. Je crois que je suis en bonne voie pour aller au bout de mes rêves.

Du même auteur :

Tu comprendras quand tu seras plus grande, Fayard,
   2016.
Le parfum du bonheur est plus fort sous la pluie,
   Fayard, 2017.

Le Livre de Poche s'engage pour
l'environnement en réduisant
l'empreinte carbone de ses livres.
Celle de cet exemplaire est de :
300 g éq. CO$_2$
Rendez-vous sur
www.livredepoche-durable.fr

PAPIER À BASE DE
FIBRES CERTIFIÉES

Composition réalisée par Datamatics

Imprimé en France par CPI
en mars 2018
N° d'impression : 3027106
Dépôt légal 1re publication : mai 2016
Édition 22 - mars 2018
LIBRAIRIE GÉNÉRALE FRANÇAISE
21, rue du Montparnasse - 75298 Paris Cedex 06